JN222758

縄結(なわゆ)いは覚醒の秘技

保江邦夫
神尾郁恵

明窓出版

僕が覚醒できたワケ――前書きに代えて

2024年の夏、僕は初対面の能力者2人から、それぞれ個別に驚くべき指摘を受けてしまう。言葉こそ違ったが、要するに、この僕は覚者であり、精神の働きが高次元にまで及んでいるため観自在の境地にあるとのこと。そのため、神界や霊界からの庇護を一身に受けていることで、すべてが神謀り的な流れの中にあるそうだ。

確かに、昨2023年のクリスマスの頃からだったと思うが、僕の身のまわりでの出来事の連鎖が、まるで精神分析医ユングのいう「意味のある偶然の一致」が散りばめられたかのように、見事な縁模様を描き続けてはいる。

「袖刷り合うも多生の縁」という古語の意味を実感する出会いは枚挙の暇もなく、その範囲は人間世界を超えた宇宙的存在や、霊的存在にまで拡がっていたのも事実。

いったい、何故にこんなことになってしまったのかなど、ゆっくり自問する時間も取れないまま間もなく1年が過ぎ去ろうとしている。そんなタイミングの今、『縄結いは覚醒の秘技』と題するこの特異な対談本を世に問うにあたり、編集部から「前書き」を依頼されてしまう。

参考のためにと送られてきた最終稿のコピーを眺めていたとき、僕の頭に1年足らず前の、あの日のことが甦る。そして、120パーセントの確信が湧いてきたのだ。僕自身が覚醒した瞬間が、いつだったのかを！

そう、直後には自分でもはっきりとわかっていたのだが、その後に押し寄せてきた怒濤の如き日々の変化に流されるまま、いつしか完全に失念してしまっていたのだ。この僕が覚醒し、覚者とまで呼んでいただけるようになった背景には、僕が人知れず大切に思ってきた女性が「縄結い」、つまり「緊縛」を受けてくれたことがあったということを！

その詳細については本文を読み進んでいただくこととし、この「前書き」で僕が強くお伝えしたいのは、決して僕自身が麻縄で縛られたわけではないということ。そう、この僕は大切な女性が「縄結い師（緊縛師）」の男性に縛られていく様をすぐ側でハラハラしながら見守っていただけだったのだ。

そもそも、このときにわざわざ「縄結い師」を呼んでまで「縄結い」を実際に見ておきたかったのは、麻縄で縛られる人が覚醒してしまうという事実をこの目で確認しておきたかったためだった。しかし、自分が縛られるのはイヤだったため、僕の周囲の若い女性の何人かに声をかけたところ、唯一、首を縦に振ってくれたのがその大切に思っていた女性だった。

いささか複雑な気持ちだった僕が、遠回しにその理由を聞いてみたところ、自分が覚醒できるならということではなく、な、な、何と、そのときの僕にとってどうしても必要なことだろうと察してのことだという……。

目頭が熱くなる思いでそれを受け止めた果報者の僕は、本文に記したように、禅宗の高僧が長年の禅定三昧によってたどり着く境地である、すべてのものに「愛おしゅうて愛おしゅうて、かわゆうてかわゆうて」と思える心の安寧を得ることができたのだった。

これこそが覚醒の瞬間であり、それから現在に到る1年ほどの間にこの身に起きた、素晴らしき不思議体験の数々を振り返る度に、「縄結い」を受けてくれたその女性に心からの感謝を捧げなければならない。

そう、「縄結い」という覚醒のための秘技は、縛られる女性のためだけにあるのではなく、それをハラハラしながらジッと見守る男性のためにもあり、さらには、そんな秘儀の存在をこれから本文の中に見出していく読者諸姉諸兄の前にも準備されていることを、気づかせてくれたのだから！

2024年中秋の名月を愛でながら……

保江邦夫

目　次

パート2　ドキュメント「緊縛体験」

パート3　沖縄からの訪問者が語る超常現象

パート4 「愛おしゅうて愛おしゅうて、かわゆうてかわゆうて」——至ったのは禅の境地（対談二日目）

パート5 武道を極める靭帯の使い方

パート1　未知（緊縛）との遭遇

（対談一日目）

雷に打たれた言語学者の奇蹟

保江　最初に、今回の対談相手である神尾郁恵さんに、初めてお目にかかったときの話をしましょう。

あれは、2023年のゴールデンウイーク明けの頃、京都市内であった僕の講演会でのことでした。

僕もどういう経緯でその話題になったのかよく覚えていないのですが、その日のテーマとは関係なく、ある事故の話をしたのです。

東ヨーロッパの70歳過ぎの言語学で世界的権威である学者の男性が、ある日、日課にしていた散歩中に雷に打たれてしまった。救急車が来ましたが、服も焦げるほどの被害が見られ、即死と判断されてそのまま病院まで搬送されたのです。

死亡診断がおりて、事件性もないということで処置室に安置され、担当の医師が焦げた服を剥がしたり、体を洗い流していきました。

その間に皮膚を見たら、どう見ても30代の皮膚に思えたのです。

救急隊員が持ってきた書類には、70歳過ぎの男性と書いてあったので、連絡して救急隊員に来てもらって、

「この人は絶対に70歳には見えませんよ。この書類の患者は別人で、どこか他にいるんじゃないですか？」と聞きました。しかし、救急隊員は、

「いや、雷に打たれたのは一人だけで、確かにその人を連れてきました」というのです。

それなのに、処置室のベッドには30代の若い身体が横たわっている。

「いったいどうなっているんだ」と騒いでいたときに、なぜかその学者先生が生き返ったのです。意識も戻っていたので、すぐに医者が、

「お名前は」と聞くと、ちゃんとその先生の名前を答えて、「お歳は」と聞くと70いくつだといいました。

そこで、本人に鏡を見せると、仰天してしまった。それはそうですよね、40歳ほども若返っていたのですから。

このことは大ニュースになって、地元の新聞がこぞって書き立てたそうです。

新聞記者もやってきて、先生はインタビュー攻めにあいました。

「先生、これで第2の人生を過ごせるわけですが、これからどんなことをなさりたいのですか?」と聞くと、

「もちろん、70過ぎまで研究してきた言語の自然発生学を、さらに進めていって極めたい」といって、その後も研究を続けられたそうです。


その話を、講演会の終わりのほうにして、質疑応答の時間になりました。僕が、

「何かご質問はありますか?」というと、神尾さんが手を上げられたのでしたよね。

実は僕は最初から、座っていらした神尾さんに目をつけていました。変な意味ではなくて、何か違和感があったのです。

最初はどこに違和感を感じたのかわからなかったのですが、だんだんと理由がわかってきました。

神尾さんは髪の色がグレーですよね。それは、ある程度のお歳であるということです。

それなのに、お顔や、露出しているところの皮膚を見ると、30代くらいに思えたのです。

表情も、若々しい感じです。

でも、髪の毛だけが60代くらいに見える。その違和感がなんとなく僕の注意を向けさせていたのです。

「実は、私も雷に打たれたんです」

その方が手を上げられたので、即座に「どうぞ」といったら、

「実は、私も雷に打たれたんです」といわれました。僕は驚きとともに、

「あ、やっぱり」と思ったのです。

スイスにいたときに、たまたま同僚から先ほどのエピソードを聞いたときには、「う〜ん、そんなこともあるのかな」という程度だったのですが、初めて目の前に、当事者という方が現れました。

それで、雷に打たれたときの様子を少し語ってもらったのでしたね。もう一度、そのお話をうかがえますか？

神尾　私はそのとき、高校生でした。全校生徒が１５００人くらいの規模の共学高校に通っていましたね。

毎朝の登校時には、バスを降りてから校門まで３００メートルぐらいの道を、生徒たちが大行進のように歩くんです。

その日は雨が降っていて、みんな傘を差して行進していました。

私もその中を進んでいたのですが、突然、パーンと鋭い痛みが走ったのです。

「蜂に刺された！」と思ったのですが、周囲には見当たりませんでした、
衝撃から、傘から手を離していたのですが、拾い上げて見てみると、プラスチックの柄の端のところが溶けていたのです。

それで初めて、雷が落ちたんだとわかったんですよ。もう、驚いてしまいました。

保江　傘を持っていたのは、左手ですか？

神尾　左手です。

保江　心臓側ですね。

神尾　はい。周りのみんなは、雷が鳴っていることもまったく気づいてないくらいでした。だから自分では、プラスチックが溶けた傘だけが事実の証明という感じだったのです。でも、その後から、手は痛みました。左手の先から肩の辺りまでかなり痛みまして。

保江　ビリビリしている感じですか？

神尾　ビリビリはしないんです。筋肉よりも中心部というか、特に肩関節の中のほうがズシンとする感じでした。左肩は脱臼もしていましたから、落雷のせいなのか脱臼なのか、どちらの痛みかもわかりませんでした。

その後、体の左右の感覚は以前と変わりましたね。

保江　なるほど。他の同年輩の女性は、外見もそれなりにお歳を召していく中で、神尾さんは明らかに違いますから、指摘されるでしょう。

神尾　そうですね。

保江　その理由と落雷とは、これまでご自身の中で繋がっていましたか？

神尾　まったく繋がっていませんでした。ですから、先生のご講演を聞いて初めて、「そういうこともあるんだ、嬉しいな」と思ったのです。

人の体を触る仕事をしていますし、美容にも関心を持って学んだりもしてきましたので、自分の肌については比較的、状態がいいと思う部分はあったのですが、本当に、雷の話をうかがって初めて繋がったのです。嬉しくなってしまって、「保江先生、ありがとう！」という気持ちになりました。

保江　なるほど。

そのときも皆さんに少しお話ししたのですが、結局、なぜ若返るのかということの論理的説明は、まだ完全にはできていないのです。

以前、話題になった、ＳＴＡＰ細胞がありましたよね。小保方さんという理化学研究所の研究員だった女性とそのグループが、研究していたものです。

あの原理は、本当は間違いではなく、正しいのです。ＳＴＡＰ細胞は確かに存在したのですが、彼女はいろんな陰謀などに振り回されてしまったわけです。

ＳＴＡＰ細胞については、もともとはハーバード大学の先生が見つけて研究をしていました。

普通の細胞を、例えば強い酸に浸したり、あるいは成長できない、もう死滅しかないようなきつい環境のもとに置きます。圧力をかけたりもして、そうすると99％は死んでしまうのです。

ところが、奇跡的に1％ぐらいの細胞は再生するんですよ。それが、ＳＴＡＰ細胞と呼ばれるものです。

ですから、実験を１００回しても99回は死滅するんですね。１回生き残りがいればいいほうです。

そうして、ものすごく過酷な状況下で生き残った細胞は、スーパー細胞ですね。

何にでも化けられるような細胞になっている……、つまり若返っているのです。再び、これから成長できる細胞なのです。

それと同じく、雷が落ちた人間は、かなり高い確率で死ぬのです。でも、ほんのわずかの確率で生きていられる人がいる。その体の細胞が、そのとき再生するんですよ。

神尾　嬉しい！　雷さまさまですね。

保江　そのときの神尾さんは、15、16歳ですね。

神尾　そうですね。

保江　細胞が赤ん坊のときの状態に戻ったとすると、15年は若返ったと考えられます。

神尾　すごいですね。

保江　そのような話をそのときに聞きまして。

スイス時代の同僚から聞いていた、「東ヨーロッパで70歳超えの学者の先生が、雷に打たれて40歳も若返った」というのは、僕も本当には信じていませんでしたし、直接確かめる術もなかった。

でも現実に、目の前にその体験をした張本人が現れた。

それで、もう少し詳しいお話をうかがおうと思って、僕の名刺をお渡しして、その後ご連絡をいただいたのに、慌ただしくなってしまって、すぐにはお返事ができなかったのです。

「緊縛師と会いませんか?」——京都の古い喫茶店にて

保江　その後、7月に京都に行ったときのことです。京都のお寺に呼ばれていまして、前日から泊まっていたのです。

宿泊先のホテルの朝食は、バイキングでした。僕はバイキングが苦手で、そういうホテルでは、近所に昔からあるような喫茶店を見つけるのです。古い喫茶店には、いまだにモーニングがあって、トーストとコーヒーで済ませます。

その日も、ホテルの近所に雰囲気の良い喫茶店があって、入ってみると、客が僕しかいませんでした。

大きなテーブルがあって、一人客は、そこかカウンターに座るような感じでした。席はご自由にといわれたので、注文して大きいテーブルに座って、運ばれてきたモーニングを食べていたら、若い女性が入ってきました。常連さんのようで、マスターに挨拶して、カウンターに座ろうとしたときに、僕のほうをちらっと見たのです。あれっという表情になって、

「あっ！　保江先生でいらっしゃいますね」というので、

「はい」と答えました。

「私、先生の本も読んでますし、YouTube も拝見しています」

「ああ、そうですか。ありがとうございます」と会話は続き、なんとなくこっちのテーブ

ルに来たそうな様子でしたから、

「よろしければ、こちらにどうぞ」とお招きしました。

移動してきた彼女と、10分ぐらいは当たり障りのないような雑談をしていたのですが、そのうち、なぜか急に彼女が、

「よろしければ、今ここに、きんばくしを呼びましょうか」というんです。

きんばくしというのは初めて聞く言葉だったからはっきり聞き取れなくて、「金箔師」、仏像に金箔を貼る人かと勘違いした僕は、

「ごめんなさい。僕は仏像などにはまったく興味がないんですよ。金箔を、襖とか欄間に貼るのでしょう」というと、彼女は真面目な顔をして、

「いえいえ、緊縛師です。金箔師じゃありません」と。それで、

「なんですか、その緊縛師っていうのは」と聞いたら、主に女性を縄で縛る人だという。

アダルト的な意味合いのイメージが浮かび、

「ああ、縄師のことですか」というと、

「そうともいいます」と。

「その方を呼ぶというのは、どういうことですか?」と聞くと、

「先生のご本の内容とか、YouTube の雰囲気などから、きっとご興味がおありだろうと思って」と。見透かされていましたね(笑)。

「まあ、ないことはないですけれども……」

「じゃあ、呼びます」


そんなに簡単に呼べるのかと驚きましたが、さっそくスマホを出して電話をすると、すぐに繋がったようで、

「今いる喫茶店で、面白い方に出会ったので来られませんか?」とおっしゃっています。

ただ、その方は東京で緊縛のセミナーをする日なので、今は東京にいるというお返事だったそうです。ですから、次の機会に紹介してもらう、ということになりました。

実は、僕はそれで内心、ホッとしていました。こんな流れで緊縛師に会ってどうなるのと思っていましたから。


その女性は、呼ぼうとしていた緊縛の先生がどんな人かを語り始めました。

以前に、有名な女優さんが裸で縛られる映画がありましたが、その映画で縛った先生だったのです。相手役の俳優さんは縛れないので、その先生が実技をしたのですね。

僕もその映画の予告編くらいは見たことがありましたから、関心が湧いてきました。

彼女は続けて、

「アダルト的な興味で縛っている方ももちろんいますが、その先生は違います。芸術の追求、アートとしてやっていらっしゃるのです。女優さんやモデルさんを縛って、海外で写真の展示もしているんです」といいました。

まあ確かに、そういう側面もあるのだろうと納得していたのですが、ふと時計を見るといつのまにか時間が経っていて、新幹線の出発時間までぎりぎりのタイミングになっていました。

「ごめんなさいね」と切り上げて、無事に予定どおりの新幹線に乗り、東京に戻ってきたのですが、緊縛というのが頭から離れなくなっていました。

微睡の中でつながるアカシックレコード

保江　その2週間後に、東京で講演会がありました。

だいたい僕は、講演会のネタは特に事前には決めず、そのときに降りてくるものを、僕の口から出るに任せて話すという出任せ放談スタイルです。ですから講演会の内容は後から明確には思い出せないんですが、そのときもそうでした。

講演の中で、緊縛について、僕の考えも含めて話していたようですね。

神尾　そうです。普通の人なら知り得ないようなお話をされていて、びっくりしました。

保江　以前、高知の県立高校に、講演会に呼ばれたことがあります。その学校の物理の先生で、別府進一さんという方がご担当者でした、

彼はUFOに乗せられて、他の星で教育についてなど学んできています。地球上でも特に、日本の教育は画一的で、子供の才能がなかなか伸ばされることがない。そうしたことを教わってきて、日本の教育の現場で、新しい取り組みをしようと努力している人です。

その彼が、僕を講演会の講師として推してくれたことで高知まで行ったのですが、短い時間、お話ができました。

そのときに、僕自身の記憶は消されているのですが、実は僕も彼と一緒に、頻繁にＵＦＯに乗って、他の星まで行っていたということがわかったのです。僕だけでなく、彼以外の搭乗者はみんな、そのときの記憶は消されているということでした。

その後、僕は別府さんに聞いたことを、講演会などで話したり、本に書いたりしていたのですが、それを知った別府さんが、伝えてくれたことがあります。

「高知でお会いしたときには、時間があまりなかったからその話はしていないのに、保江先生は自分から知らされたとしている。しかも、その情報は正しいものだ」と不思議に思ったと。

そう、僕が別府さんに聞いたと思っていたことは、実際は別府さんが直に話してくれたことではなかったようなのです。

別府さんは別の星で学んだ経験があるために、一種の超能力とでもいうのでしょうか、時間を遡って、そのときの状況を透視できるようになっているようです。

　それで、僕が別府さんと初めて会ったあの日、帰りの新幹線の中で僕が何をしていたかを見てみたそうなのです。

　新幹線で僕がウトウトし始めると、宇宙の根源的なアカシックレコードから来ているものか、または宇宙人が僕の足りないところを補うために下ろしているのか、とにかく必要な情報を、より詳細に僕に送っているということがわかったそうです。

　眠りから覚めた僕は、あたかも別府さんとの会話の中でその情報がもたらされたと思い込んでいるのですね。そんなことがわかりましたと連絡してくれました。

　実は、僕にはそういうことがよく起こります。誰かから聞いたと思っている記憶が、実はその人は、そんな話をした覚えはない、という。でも、その内容は確かなもので、僕がでっちあげた話ではないから不思議がられるのですね。

　それは、僕の特技というか、そういう性質（たち）らしいのです。

　緊縛についても、おそらく京都から新幹線に乗って居眠りしている間に、その本質について、アカシックレコードなのか宇宙からの情報かわかりませんが、僕にインプットされたのでしょう。

まだ僕が顕在意識では気づいていないレベルで潜在意識には残っていたものが、講演会で話しているうちに出てきたんでしょう。あたかも緊縛のプロであるかのように語り始めたのです。

神尾　そうなのです。緊縛が芸術にもなっている、という話だけではなく、高次元に繋がるために有効である、ということをお話しされていたのです。

芸術性のお話だけであれば、私が緊縛に関わっていることをお話しするつもりにはならなかったのですが、上と繋がるための手段としてそういうものがあると、はっきりといっていらしたので、「さすが先生、わかっていらっしゃいますね～」と思って、嬉しくなったのです。

私はそのための緊縛を受けたことがあるということをお伝えしたくなったし、緊縛の先生にトレーニングを受けているということをお知らせしたくて仕方なくなったのです。

それで、すぐに保江先生に熱いメールを書かせていただきました。

保江　僕もほとんど、無意識のように口から出たことでした。講演会で話しながら、「なんで、こんなことをいっているんだろう」と思いつつ、とにかく最後まで話しきったことに満足していました。

講演を舞台の袖で聞いていた秘書の一人が、

「なんでそんなことを知っていたのですか？　先生も隅におけませんね」というので、

「いや、そんなには知らないよ」と誤魔化して笑い話にしていたところ、その夜に事務所に戻ってパソコンを見たら神尾さんからのメールが届いていました。

「神尾さんというのは、確か雷に打たれた女性だったはずだ。今日も来ていたな」と思いつつ読んでみたら、

「先生が講演会でおっしゃったことは全部正しいもので、実際に上と繋がるんです。私も緊縛されたことがあります」と書かれていて、びっくりしました。

雷に打たれた経験に加えて、緊縛も経験されているというので、俄然興味を持ちました。

では、その話をしていただけますか。なぜ、神尾さんが緊縛することになったのか、その後、どのような変化があったのか、なぜ何回も繰り返し受けることにしたのか、などなど、皆さ

ん興味をそそられていると思います。

自他がなくなり上と繋がる感覚を体験する

神尾　まず、緊縛をすることになったのは、まったくの偶然だったのです。私はカイロプラクターをしていまして、勉強の意味もあり、他の施術家の施術を受けたりもします。

ある方の施術を受けたときに、「あなたは宇宙人です。宇宙語をしゃべってみてください」といわれたこともあります。そうした不思議な体験も、けっこうあるのですね。

保江　「あ、この人は宇宙人だ」とわかる方がいらっしゃるのですね。

神尾　そうなんですよ。その方は男性で、陰陽師だとおっしゃっていたのですが。

保江　陰陽師で施術家でもある方だったのですね。

神尾　はい。気を巡らせるような施術をされていたのですが、私としては陰陽師に見ていただこうとしてお会いしたわけではありません。でも、

「宇宙語をしゃべってください」といわれて、

「急にそんなことをいわれても……」と戸惑っていると、

「では、僕の後についてしゃべって」というのです。

それで、適当にまねしていたら、

「君はシリウスか、アルクトゥルスかな」といわれました。

ただ、そのときの私は、スピリチュアル的なことは全然わからなくて、

「そうなんですね」で終わりました。

その方はご自身のことを、プレアデスから来ているとおっしゃっていて、それはそれで不思議な体験でした。

そんな流れで、「別の施術を試してみないか」といわれて受けたのが、緊縛の加藤久弦(ひさのり)先生の施術でした。そのときは、緊縛ではなく普通の整体のような施術を受けたのですが、なぜか瞑想状態になるのです。

それで、「これはなんだろう」と興味をそそられて、毎週、この加藤先生から普通の施術を受けることにしたのです。

そしてその後、弟子入りのような形になりました。

保江　そのときはまだ、縛られていなかったのですか。

神尾　まだです。普通の施術を教わっていました。

あるとき、私の娘が緊縛のアート写真集みたいなものを持ってきて、「この緊縛師、すごいよね」という話をしてきたのです。

保江　娘さんはおいくつですか?

神尾　そのときは、28歳くらいです。今は、30代半ばです。

保江　そんな歳のお子さんがいらっしゃるんですね。本当にギャップがすごい。

神尾　それで娘と、「こんな世界があるんだね」とか話をしました。

そして、加藤先生にたまたま、

「娘が緊縛の写真集を見せてくれたんですが、これは体にはどうなんでしょう」という質問をしたのです。すると、先生は、

「自分も縛れるよ」とおっしゃったのです。

保江　娘さんがその写真集を見せてくれなかったら、その先生も緊縛ができるということはわからなかったのですね。

神尾　全然、わかりませんでした。どちらかというと武道を極めようとしている先生だと思っていたので、むしろ緊縛とは無縁だと思っていました。

それで急に、私も緊縛を受けてみたい、受けたらどうなるのだろうと思うようになりました。

保江　ただ、いくら芸術的とはいえ、女性が艶かしい感じで縛られている写真を見た上で、自分も縛られようと思う度胸というか、決意はどこから生まれたのですか。

神尾　まず、加藤先生に対しての信頼はもちろんですが、その施術を受けていると瞑想に近い感覚になるので、その先生がなさっている緊縛であれば、よくイメージされるような、SMの世界とは違うものがあるのだろうと直感したのです。それで、

「では、私も縛ってください」ということで始めました。

保江　興味本位でうかがいますが、そのときは衣服は身につけているのですか？

神尾　パンツは穿いていますけれど、上半身は裸です。

保江　娘さんはその場にいたのですか？

神尾　最初や、その後の数回はいなかったですね。

保江　そのときは、先生と神尾さんだけだったのですね。思い切りましたね。

神尾　やはり、ドキドキはしましたね。

ただ、縛っていただいた場所というのが普段は施術をする場所でしたので、いわば自分のフィールドの中ですから、あまり怖くはありませんでした。

普通は、縛られて何かされそうになったらどうしようとか思うのでしょうが、すでに存じている先生ですし。

保江　なるほど。シチュエーションにもよるということですね。

神尾　最初は、裸になることに恥ずかしさがあり、その意識がなくなるまでがけっこう長かったです。瞑想にはほど遠いという状態でした。

少し前に縛られた保江先生の教え子さんは、最初から良い世界にパンと行けたというのがすごいなと思いましたね。

私は最初、恥ずかしいだけだったのですが、だんだん自分と外との境界線がわかるようになってきました。……縛られていると、皮膚の上に境界があるのがわかるようになってきたのです。

すると、そこから自分が出て行くとか入ってくるという感覚も覚えて、自分の身が安全かどうかということが、自然とわかるようになります。そして、「世の中はそう怖いものじゃない、自分の中に小さくなっている必要もない。ここにいれば大丈夫だ」ということがわかるようになってきました。

そこから何回か繰り返し縛っていただいたら、体内でエネルギーが高まってくるような感じや、いろんなことがわかるようになってきたのです。

その頃には、縛られているところを他の男のお弟子さんが見ていても、全然恥ずかしくなくなってきました。見られていても、関係ないような気持ちです。

保江　じゃあ、僕が見ていても平気なわけですね。

神尾　そうです。でも、加藤先生がそういうときは気を遣ってくださって、背中側だけを見せるのです。胸側は見せないように、配慮してくださるんですね。

そういうこともあってか、守られている感じとか、余計な危機感を持たなくてもこの世の中は安全ということを、文字どおり肌で感じるようになってきました。

自分が満ちてくる感じがしてきて、そのことで上と繋がって、全部がふわっといい感じになるのです。

保江　それなんです！　最初のメールに、

「それまで皮膚の中が自分で、皮膚の外が外の世界だと感じていたものが、縛られることによって皮膚の感覚が表に出てくるようになったために、逆に、自分というものが皮膚の中だけにあるものではなくて、外の世界と繋がっているものという感覚を得ました」と、書いてくださいましたよね。

僕はそれに、「なるほど！」とすごく納得したのです。「これか！」と。

実は、それが僕が追い求めていたものでもあったからです。

日常的には、ほとんどの人が、自分の皮膚については特に考えもしないで生きているでしょうね。

それが表に出てきたおかげで、自分が拡張して外の世界とも一つになることができた。これは、いわゆる上と繋がるというか、真理に目覚める、つまり覚醒するのに、一番いい方法だと直感したのです。

最初は、僕自身が縛られることによって、僕自身が覚醒することができるのだろうと思っていました。

そこですぐに、「ぜひ僕も縛られたいので、緊縛の先生を紹介してもらえますか」というお返事を差し上げたのです。そうしたら、「もちろん、いつでもお取り継ぎします」とおっしゃってくださったので、思わずガッツポーズでした。

そのときから、緊縛のマイブームが始まりました。

実は、僕はネットで情報を収集するのは嫌いなのです。ネットに書いてあることは、正しいこともありますが、嘘も多いし、悪意に満ちていることも多いので、見ていて気分が悪くなってしまいます。

それよりも、酒を飲みながらとか、人に会ったときに話を向けるのです。

僕はそれ以来、会う人会う人に、「緊縛って知ってる？」と聞きまくっていました。女性にも聞くし、男性には例外ないほどに聞いていきました。

すると、やはり知らない人のほうが多く、知っていても、SM趣味に関するものだと思って、急にアダルトな話かと、怪訝（けげん）そうな顔をするわけです。なんでそんなことに興味を持っているのかと。

そうしていくうちに、「ああ、知っていますよ」と涼しい顔でいい、僕の知らなかったことまで好意的に教えてくれる人は、みんな武術家や格闘家だということがわかりました。

神尾　そうですよね。

格闘家も知る江戸時代の緊縛

保江　あるとき、知り合いの剣術の先生に緊縛の話を向けたら、次のように教えてくれました。

江戸時代には、罪人が死罪になったときに首を切る首切り役人がいまして、東京都の南千住に、史跡として刑場があります。

首を切るときは穴を掘って、後ろ手に縛られた罪人がその縁に座り、暴れないように両側から押さえつけられます。そして、はねた首だけがまず下に落ち、その後、胴体も穴に落としていた。それが、首切り役人の仕事でした。

ただ、罪人も首を切られるのは嫌だから、暴れまくったのだそうです。両側から屈強な男たちに押さえられていても、渾身の力で暴れると、首が動いてしまいます。

そうすると、上手に切れないから、痛みで余計に苦しむことになるし、もちろん、首切り役人も苦労することになります。

農民町民に限らず、武士もお坊さんも、罪に問われて死罪になった場合は、寺社奉行とかお目つけ役系の首切り役人に首をはねられます。

そのときに、同じように後ろ手に縛るのですが、やはり暴れるのだそうです。しかし、武士とかお坊さんが往生際悪くしているのは、特に見苦しいものです。

それで、武士とかお坊さんだけは、縛り方が違ったというのです。後ろ手だけではなくて、上半身も縛るという、いわゆる緊縛のやり方です。

すると、なぜか身動きせず観念している様子になるので、「さすがお武家さんは違う」などとなっていたそうです。


その話を聞いた1週間後、格闘家の知人と飲む機会がありまして、その話をしたところ、彼は、

「ああ、そうですよ」と事もなげにいうのです。

「なんで知っているの?」と聞くと、彼は非常な読書家で、昭和初期に出ていた、江戸時代の分厚い緊縛の本の復刻版を神田の古本屋で見つけ、買ってみたのだそうです。挿絵もよく描けていて、縛り方も詳細に載っていたということでした。

そもそも、江戸時代は、士農工商によって縛り方を変えていたのだそうです。

神尾　そんな本があったなんて、すごいですね。

保江　さすが、格闘技界ナンバーワンの知性派で、勉強家だなと思いました。そこで、「こんど緊縛師の先生を紹介してもらえるので縛られようと思うのですが、ご一緒にいかがですか？」と聞いてみたのですが、それはさすがに……、と遠慮されていました。

剣術の先生と格闘家からもそうした話を聞き、最初はやっぱり、SM的な興味で入っていったのだろうな、やっぱり男だなあと思っていました。

それから、僕の緊縛に対する興味はどんどん大きくなっていったのです。

格闘家も興味を持つくらいですから、ぜひ神尾さんと緊縛について対談をしたいと思いました。

僕の当初の目論見は、雷に打たれた影響などを知りたいというのが主でしたが、だんだん緊縛のほうに興味が移ってきて、これは、もっと詳しい話をうかがって、本にさせてもらうしかないなと(笑)。

パート2　ドキュメント「緊縛体験」

緊縛体験1――神主の白装束で縛られる

保江　そうして、まずは僕自身が縛られようと思っていましたが、興味を持ちそうな方に、「こんど緊縛師の先生が来てくれるんですが、縛られてみませんか?」と、男性女性の区別なく誘ってみたのです。

その中で、「いいですね」と飛びついてくるのは、意外なことに男性が多かったのです。

そこで、神尾さんに、

「男性でもいいですか?」とお聞きしてみると、問題ないというお返事でした。

ある若い武術家が「ぜひ受けたい」といい、その秘書の女性も、僕の事務所近くでカフェバーをやっている若い男性も、「自分の人生を変えてみたいから、ぜひ試したい」といいました。

実際は、彼らが受けることには僕は全然興味がなくて、本音をいえば、女性が縛られ、僕も縛られているような状況を妄想していたのです。だから、全員女性である僕の秘書たちにも聞いたのですが、みんな、遠慮するとしかいいません。

ところが、声をかけた僕の女子大の教え子が、

「やってみたいと思います」といったのです。僕はもちろん、「ああ、手を上げてくれてよかった」と思いました。

そのときに、僕は、

「神尾さんという雷に打たれた女性がいて、その女性は緊縛を10回以上受けたことがあるそうなのだけど、その人の緊縛の先生なんだ」と説明していました。

けれども彼女は、神尾さんが緊縛の先生だと誤解してしまって、女性なら安心と思ったそうなのです。僕の秘書たちは、縛るのが男性だとわかっていたから、スルーしたのですね。たまたま、その教え子だけに、うまく伝わっていなかった。

そして彼女は当日、会場になったこの事務所に入るなり、男性が先生とわかって、びっくりしてしまったのです。普通ならすぐに帰ってしまうところだったのでしょうが、思い切りのいいところがある子で、覚悟を決めたのか、帰らなかったのですね。

そして、

「何も持ってきませんでしたが、着替えがいるのでしょうか」というので、僕が洒落（しゃれ）で用意していた、いわゆるＳＭ的な衣装と、伯家神道のご神事のときに使う白い神主の装束を出して見せました。すると、加藤先生が、「こちらがいい」と神主装束を選んでくれたのです。先生が、それを選んでくださったことに、僕はちょっと驚きました。緊縛といえば、ＳＭ的な衣装のほうが合うのではないかと思っていたものですから。

神尾　最初にこのお話を加藤先生にしたときに、「私は何を用意しましょうか」とお聞きしました。すると、「白い着物というか、肌着的なものを僕が用意しようかな」とおっしゃいました。私は、裸に近い格好でするものだと思っていたので、少し意外だったのですが、「たぶん、白い着物がいいね」とおっしゃったのです。

保江　先生がすでに予見されていたのですか。さすがです。

神尾　ただ、こちらにうかがうときには、衣装は持参されず、柔らかい縄だけを用意されていました。そうしたら、保江先生が白い衣装を出されたので、

「もしかして会話が見えていたのかしら」とびっくりしました。

先生方はやはり、ちゃんと上で繋がっていたのですね。

保江　そうですね。神官とか巫女が着る衣装というのは、まず内側に襦袢的なものを着てその上に白い着物を羽織るので、そのときも襦袢を持ってきていました。それで、先生に襦袢も見せて、

「これもですね」と聞くと、

「それはいりません」とのお答えでした。

それで、教え子に装束を渡すと、クローゼットに入っていき、

「どこまで脱いでいいんですか」と質問をしました。先生が、

「下着はつけていていいよ」とおっしゃり、下着の上に着物を羽織っていたのですが、着物といっても神官用だから袴が短いのです。

馬にも乗れて、流鏑馬（やぶさめ）のときにも使えるものですから膝上の丈で、しかも紐がないのではだけます。なかなか際どい服装で始めることになりました。

僕が当初想像していたのは、ＳＭ的な服装で、事務所にあるポールダンスのポールに縛り

付けてもらうというものでした。秘書の数人がポールダンスを練習したいというので、事務所に取り付けたものです。

先生にお聞きすると、

「いえ、床に座ってもらいます」とおっしゃいます。それで、床にシーツを敷いて、横座りで座ってもらって、緊縛が始まりました。

神尾さんは何度も見ていらっしゃいますが、僕は緊縛というものを初めて見るので、先生は縛りながらにこやかに説明をしてくださいました。教え子には、

「僕がいないほうがよければ外にいるよ」といったのですが、

「いいえ、いてください。先生が一緒のほうが心強いです」ということでしたので、喜んで同席しました。

ときどき先生が、「しんどくないですか」などと声をかけてくださっていました。

彼女も最初のうちは、

「ちょっと怖くなってきました」とかいっていましたが、慣れてきたのか、先生が話しかけていると、落ち着いた様子になりました。

僕としては、本人のトラウマになっても困るので、嫌がっているそぶりがあったら僕が前に出て、ストップをかけなきゃ、と少し緊張していました。何かあっても、僕がいるよ、という気持ちで見守っていました。

上半身を縛り終わって、まず思ったのが、確かに美しいということです。教え子に、写真を撮っていいかと聞くと、どうぞというので、ダメ元で聞いたのに、この子はすごいなと思いながら撮らせてもらいました。

緊縛体験2――緊縛師のプロの技

保江　最初は、顔が写ったら悪いなと思って、主に脚とか背中を写していました。そうしたら、

「全身を撮ってくださいね」というので、いろんな角度から撮りました。

それが終わったらいったん上半身を解かれ、先生が、

「普通は脚も縛るのですが」とおっしゃり、本人も、

「縛られてみたい」というので、今度は横たわって縛ってもらいました。

感動したのは、縛るときの先生の動作がまさに芸術なのです。

ゆっくりと余裕のあるスピードで縛っていくのですが、ずっと見ていると不思議な感じがして……、例えば、結び目を作るときに、指をくぐらせたりするから、普通は指が女性の肌に当たるでしょう。それが、ほとんど当たらないのです。

縄の1ヶ所を持ち上げて、皮膚と縄の間に、片方の縄の先を通して、また他のところから通して、できるだけ慎重にしていますよね。

神尾　さすが、先生、よくご覧になっていますね。そうなんです。

保江　これはなぜなのかなと思いましたが、その日はわかりませんでした。

僕が、

「すごい技ですね。結び目に当たる箇所というのは特別なのですか。それで慎重になさっているんでしょうか」と聞いたら、

「一応、ツボ的なところを押さえるようにはしています」とのお答えでした。そして、次のようなことを話してくださったのです。

例えば、その方のパートナーの手が体の一部に触っていたとき、その手が離れるときには、ちょっと寂しい感覚になりますね。次の箇所に手が移ってそこを触ってくれても、前の箇所に物足りなさが残ってしまう……。

しかし、手は2本しかないので仕方がないことでもあります。

ところが緊縛の場合は、次の箇所に移っても前に作った節目が残っている。いくつでも残すことができるので、まるで何人もの手に触られているような感覚があるのだと。

いい得て妙というか、なるほど、と納得ですよね。

脚も縛って、それも写真に撮っていいというので、バシャバシャ撮りました。しまいには、「カメラを私に貸してください」といって、自分の縛られた脚の向こうに僕を座らせて、まるで映画『卒業』のポスターみたいな構図で自撮りしていました。

その後、脚の縄も解いてもらいました。

上半身を解いてもらったときには、先生が冷たくしたタオルで縛ったところを冷やして

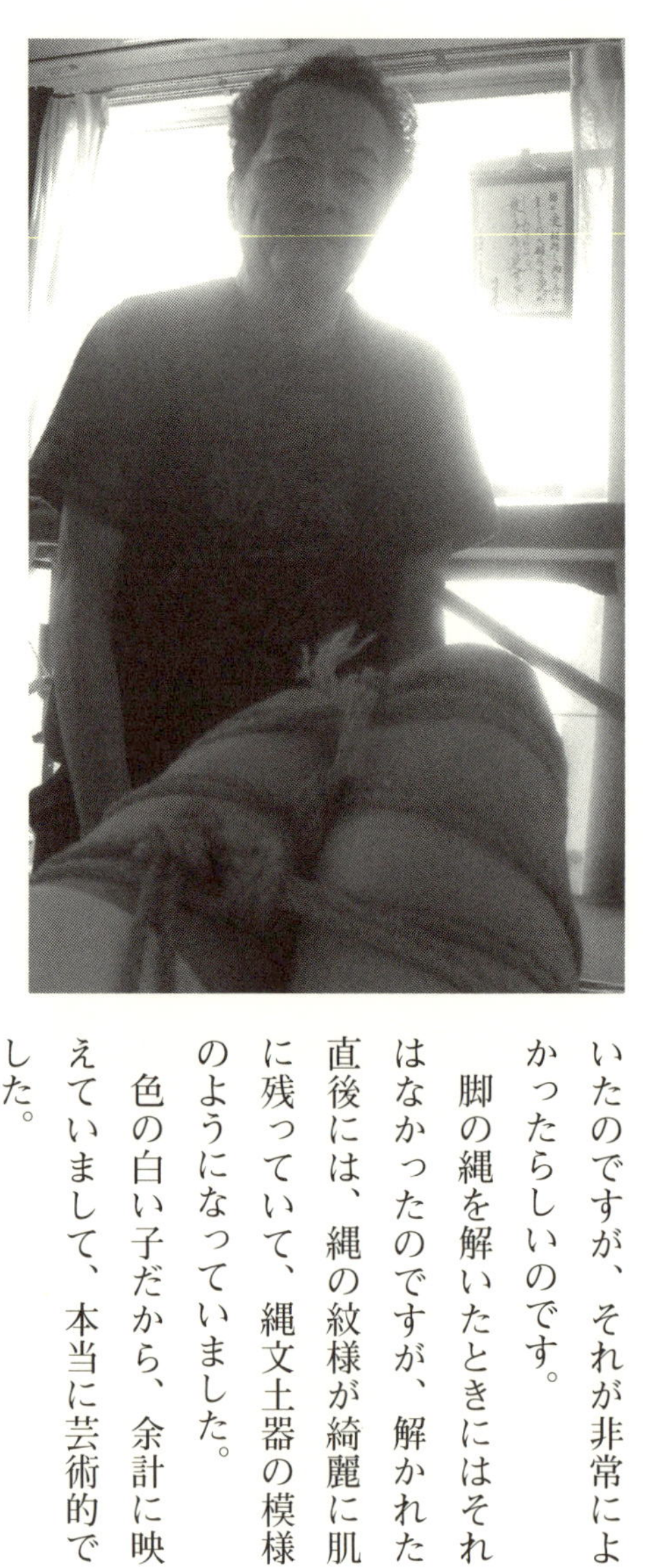

いたのですが、それが非常によかったらしいのです。
脚の縄を解いたときにはそれはなかったのですが、解かれた直後には、縄の紋様が綺麗に肌に残っていて、縄文土器の模様のようになっていました。
色の白い子だから、余計に映えていまして、本当に芸術的でした。

その縄の跡がでこぼこしているのを、彼女が、

「触ってみてください」というので触ろうとしたら、加藤先生が、

「下から上にそっとさすり上げてください」というのでそのようにすると、少し熱をもったような肌が、隆起したりくぼんだりしているのが感じられて……、役得でしたね。

そうして無事に終わって、その子は仕事があったので先に帰りました。

僕も、先生に来ていただけることになったときには、縛られる気満々だったのですが、少し前に風邪っぽくなってしまっていたので、自身で受けるのは延期することにしていました。

その後、若い武道家の男性とその秘書の女性と、80歳過ぎの男性の3人が来られました。

僕も一応見ていましたが、すでにすごい経験をしたという充足感に満ちていたので、あまり身も入っていなくて……。

夕方までその方々が体験をして、その後、近所のお店に先生と神尾さんと食事に行ったのでしたね。そのときも本当に盛り上がりまして、具体的な緊縛についてのお話とか、いろいろと教わりました。

神尾　ちょっとお話を戻しますが、教え子さんが上半身を縛られている途中で「ちょっと怖い」とおっしゃったこと。

それは、縛られていることが怖いのではなく、本能的な恐怖心のような感情が必ず出てくるのです。それが、人として普通のことなのですが、保江先生がこの場にいて見守ってくださったので、恐怖心に勝てたのですね。

私は空間を見ることができるので、一瞬、彼女の体が緊張したのがわかったのですが、そのときの保江先生の声かけが包み込む感じで、空間が変わったような雰囲気がありました。するると彼女も安心して、その後はどんどん、体の中から輝いてくるのが見えました。

縛られているのは上半身なのですが、特に脚がキラキラと輝いてくるのがわかったんです。

保江　そうそう、だから僕も、脚をかなり写真に撮ったのでしょうね。

神尾　先生わかっていらっしゃいますねと思いまして。保江先生も、ちゃんと見えておられると思って感心しました。

保江　僕は単に、綺麗な脚が好きなんですが（笑）。

縛られれば縛られるほど、本当に光っていました。

しかも、そこでカメラを借りて、自分越しに僕を撮るという発想もすごいでしょう。思いも寄らない提案でした。

僕は、自分のお葬式をしてほしいとは思っていないのですが、遺影はその写真にしようかなど。式場に入った参列者は、「この脚は誰だろう」と不思議に思うという。

脚はもちろん、彼女が帰るときに、全身がすごく輝いているなと思いました。

それだけではなく……、これは後に話すこととも関連するので話しておきます。

緊縛体験3——自他の境界の消失

保江　教え子が着替えて、加藤先生はお手洗いに行かれて、僕は一人で立っていたのです。

すると、彼女が僕のほうにスーッと近づいてきて、すごく至近距離まで顔を寄せてきたのです。そんなことは、今までありませんでした。

そして、耳のすぐそばまで口を寄せて、彼女の手が僕の股間に触れると、小さな声でささやいたのです。

「ここが開いていらっしゃいますよ」と。

その上、ファスナーを上げようとしてくれるのです。

今までのその子ならいわずに放っておくか、

「社会の窓が開いていますよ」と、小声で知らせてくれるくらいだったでしょう。

あのとき、スーッと、まったく外連味(けれんみ)もなく近づいて、笑顔よりもいい顔をして股間を触るなんて……僕はもう、びっくりして、

「あれ？　なんでだろうね」なんていうのが精一杯でした。

そのときの印象がすごくてね。この話を僕の秘書の中でもお局さんのような子に話したら、大声でゲラゲラと笑い出して、

「一番面白かった」と。

神尾　つまり、ご自分と保江先生との境界がなくなったかのような感覚になっていたのでしょうね。

保江　そう、境界がない。まさにそうです。

でも、僕はそのときは驚いただけで、それが緊縛の影響がなせることだったというところまでは気づいていませんでした。

しかし、そのときからなぜか、その子との距離感が近くなっていたのです。

それまではもっと、お互いに緊張感をもって接していましたし、言葉も選んでいましたし、そんなに気安い間柄ではなかったのに。

次の日に目覚めると、目には見えない彼女の存在が、僕に重なっているような気がしていました。

それで気がついたのが、その子と僕の間の空間がなくなっているということ。

僕自身は、そもそも空間というものがないような世界になっています。空間というのは人が思念で作り出しているだけで、あるように思っているだけなのです。僕は愛魂という合気道のような武術も身につけていますし、そうした感覚が普通になっています。

しかし、彼女との間にも空間がない、一つに重なっているように感じることができるようになっていた……。

「これはなんだ？」と不思議に思いましたが、その状態がやけに心地いいのです。

そして、いつもお昼を食べるカフェに行くと、僕とスタッフさんたちとの間隔も、うんと狭まっていました。

神尾　すごいですね。

保江　その日に乗ったタクシーの運転手さんとの距離も、ほぼほぼないように感じました。

これは、虚空蔵菩薩の虚の域、つまりアカシックレコードが存在するこの宇宙の裏側で生きられるようになったのかもしれないですね。

見ていただけの僕にこんな変化があったのですから、本人にはその後、どんな変化があったのだろうと思いました。

いつもはすぐに僕にお礼のメールとかくれる子なんですが、なぜか届きません。

どうしたんだろう、仕事のトラブルでもあるのかなと思っていたら、帰ってすぐに僕にメールを書いたのに、未送信のままだったそうです。数日後に気づいて、「ごめんなさい」といって送信してきました。

あの翌々日に美容院に行ったそうで、いつもの担当者の美容師さんが彼女を見るなり、「えらい波動が高くなっちゃってますね。どこか行かれたのですか？　どこにお参りに行ったらこうなるのか、教えてください」と聞かれて、まさか緊縛したとはいえませんから、言葉を濁したらしいです。

そして、メールにも書いてあったのですが、緊縛が終わってから僕が彼女をタクシーまで送ったときに、彼女が、

「今度また、全身を同時に縛ってもらいたいです」といったのです。僕は、「じゃあ、頼んでおいてあげる」といいました、それで今度、全身を縛ってもらうことになりました。

麻縄に秘められた強力なエネルギー

保江　縛り方なのですが、毎回、同じような形で縛るのですか？

神尾　加藤先生は、その方に合わせて縛ってくださるんです。縛られる人の気を見ていて、片側の気の流れがよくないと感じれば、もう片方と違う縛り方をしたりとか。施術をしなが

ら体をスキャンして、流れが悪い部分がわかるそうで、その方の内側を活性化する施術をしてくださいます。

例えば、いつも左からパートナーに触られるのに慣れている人でしたら、縛るときもそちらから縛ってあげるほうがその方にとってはいいとか、方法があるようです。

保江 なるほど。そこに僕が、より芸術性などを求めて、こういう姿勢で、などというのはよくないですね。

神尾 でも、いってみるのはいいと思います。求められると頑張る先生なので(笑)。

それと、縄の素材も種類がいろいろあるらしいのですが、綿ロープというのは日本人は使わないですね。でも、海外では使うらしいです。

日本ではたいがい麻縄です。綿よりも麻のほうが、100倍くらいエネルギーがあるそうですよ。

保江　そうでしょうね。特に麻は、日本人には合いそうですね。

神尾　神社にも、麻をぐるぐるねじってあるしめ縄がありますね。あれは、ねじれていることで、エネルギーが高められているんです。麻本来のエネルギーだけでなく、形の力というのもあるんですね。

神社のしめ縄には触れられないですが、神社のガラガラ（＊叶緒（かねのお））には触れますよね。触ると、縄のねじれの方向に体が持っていかれるような気がするくらいです。

しめ縄のねじれの方向で、体に螺旋状にエネルギーが入ってくるんですね。

麻縄をねじって作った形というのが、すごく大事なんです。

保江　そうでしょうね。

緊縛は縄文時代からの技術？

保江　僕がさっき お伝えした、寝ている間に上から降りてくる情報、アカシックレコードなのかなんなのかわからないのですが、今回の体験の後に降りてきたものの一つが、縄の紋様でした。まさに、縄文土器のような。

ふと思ったのですが、縄文人というのは1万2千年もの間、戦いもせずに非常に安定した民族として栄えました。それで、縄文土器とはなんだったのだろうと、いまだに謎ですよね。なぜ縄の紋様を付けたのか。

今回の体験の後からふと湧いてきていたのが、縄文人は、例えば服のように、日常的に縄を腕や足に巻いていたようなのです。それからエネルギーをもらっていたんですね。

縄文土器というのは、食材を発酵させるために使われていました。お酒、味噌、醤油のようなものですね。

現に三内丸山（さんないまるやま）遺跡の土壌から酵母が発見されて、三内丸山縄文酵母と呼ばれています。その酵母で発酵させた、醤油やワインがあるそうです。

つがるワイナリーという酒造メーカーでは、「縄文の奇跡」という名前で販売されていますよ。

彼らは、お酒、味噌、醤油、薬など、さまざまなものを醸造していたときに、さらに器にエネルギーをもたらすために、土器の周囲を縄で縛ったのです。

焼く前の柔らかい状態のときに、縄で縛っておいたのですね。当然、縄は焼けてなくなりますが、跡は残って、縄文様の焼き物になります。

それによって縄文土器には、醸(かも)し出す力、醸造する力があり、麹や酵母が一段とよく育つのだと思うんです。

同じように、人間に対しても、縄で縛っていたのではないかと思いました。もともとは、縄文時代に生まれた技術だと。

それが、いったいいつからそういうSM的な雰囲気を醸すようになったのでしょう。

格闘家の知人が持っている江戸時代の緊縛の本にあったように、その時代に縛り方を確立して、いろんなジャンルによってその結び方を使い分けていたのかとも思います。

しかし本当は、もっと昔からあったと思います。罪人でもない女性を縛るという、SM的な発想もあるかもしれませんが、いつから使い出したのかなと疑問でした。

京都のお茶会をアレンジしてくれている人がいます。その人がときどき電話してくるんですが、少し前の電話は、僕が緊縛を見せてもらった直後でした。

それで、話の中で、

「この前、緊縛の先生に会ったんだ。見せてもらったけど、すごかったよ」といったら、面白い話を教えてくれました。

ワイフの語源

保江　彼は、もともと大きなカメラメーカーの海外向け営業マンでした。だから中国や、当時はまだイギリス領だった香港、アメリカなどあちこちに行っていたそうです。

香港に営業に行っていたあるとき、酒を飲む席でイギリス人とも親しくなったそうです。

男性同士で下ネタ的な話もするでしょう。その中で、「ワイフ（妻）の語源を知っていますか」と聞かれたそうです。

彼は、知らないと答えました。もちろん、僕も知りませんでした。学校では教えてくれませんからね。

イギリス人が教えてくれたところによると、ワイフの語源は動詞のウィーヴ（weave）（＊張る、編む）からきているのだそうです。

イギリスやヨーロッパ大陸は、中世の時代、土着の農耕民族というのは多くはなく、ほとんどが遊牧民族でした。騎士として貴族などに仕えながらあちこちに行ったり、十字軍のように大移動して何十年もかけて戦ったりしていたのです。

男どもはそうして移動している中で、可愛い女性がいたら略奪するんですね。

騎士はよく、マントを着ているでしょう。馬で走っていって、あのマントをパッと脱いで、女性に被せて包むんですって。そして、鞍に引き上げて逃げる。

解いたら隙をついてすぐに逃げてしまいますから、強めに締めて、長期間包んだままにしておくのだそうです。そうするとそのうちに観念して逃げなくなり、だんだんと、「この人と暮らしてもいいや」と思うようになって定着するのだそうです。

ウィーヴの受動態はワイヴド（weaved）で、そこから派生したのが、ワイフ（wife）。つまり、強めに張られたマントに包まれて略奪された女がワイフなのです。

すごい話だと思いました。これも、緊縛の一つですよね。

それで彼が、「きっと外国にも緊縛はあるはずだ」というのです。どうやら、世界的な話だったのですね。

禁断の大奥——緊縛師が施す閨（ねや）の手ほどき

保江　ここで、大奥の話をしたいのですが、大奥は、二代将軍徳川秀忠の頃から始まり、三代将軍家光の頃にはもう完成していました。

そして秀忠は、大奥で働いていた、側室でもない普通の奥女中に手をつけて、子供ができてしまったのです。その男の子を、手元には置いておけないということで、徳川家に忠臣を尽くしていた長野の保科家に引き取ってもらったのですね。

男の子は保科家の子供として育ちますが、実質的には、三代将軍家光の弟にあたります。家光はそのことを知っていて、その弟を可愛がりました。

その子は、保科正之といって、とても頭が良かったようです。

それで、家光の世になってから、実弟である正之が、長野の保科家の陰に隠されているのは申し訳ないと、会津藩の殿様にしたのです。会津の殿様・保科正之は、藩校を造ったり、いろいろと善政を敷き、すごく認められていました。


江戸時代の三大名君といわれているのが、会津藩の保科正之、備前岡山藩の池田綱政、水戸藩の水戸光圀、この3人です。

保科家ですが、陰陽師の家系なんですね。僕の名字である保江の保がついているのは、たいてい陰陽師の家系です。ですから保科正之は、陰陽師としての教育も受けていました。その人が会津藩のお殿様となって造った藩校は、陰陽師の学校だったのです。

どんな庶民の子でも、優秀であればそこで勉強ができました。

その藩校の中でも、ダントツに優秀で、もともとは農家で育てられた子供も、保科家の養子にしたのです。

その子は、保科姓を拝し、保科近悳（西郷頼母）という名前で家老になりました。ＮＨＫの大河ドラマにも出てきていました。

近悳は家老としても優秀でした。もともと武家の出ではなく、藩校で習った陰陽師の知識で、本当は家老というよりも神官として才能を発揮しました。

余談ですが、御式内という武術的な体の使い方を、武田惣角という暴れん坊の相撲取りに教えたのが、大東流合気柔術の由来です。そうして、合気道ができました。

徳川家康の孫である保科正之が保科家にいったところから、合気道ができたのです。

さて、初代将軍の徳川家康の頃には、大奥というものはありませんでした。

徳川家では、代々のお姫様のお墓があり、僕も行ったことがあるのですが、家康が町娘に手を出してできた子のお墓にだけは、名前がないんです。そのくらい、身分の差が激しいんですね。その子供の分け御霊をもっている女性にいわせると、身分が低い母親の子供だから、ずいぶんといじめられたそうです。いろいろと差別もされたと。

城内にそんな雰囲気があると、徳川家全体にとってもマイナスです。

そこで、二代将軍の頃に、大奥が始まったのです。

大奥にはたくさんの女性が集められましたが、では、どのようにして集めていたのでしょう。

まずは順当に、諸国の大名の娘や、大きな庄屋の娘など、血筋身分のある女性たちです。

他には、鷹狩りに行った将軍が途中で立ち寄った茶屋などで、お茶を出してくれた村娘を気に入って連れて帰ったり、呼び寄せたりして大奥に入れていました。

教育を受けていないような村娘だった場合、お局様が配下の奥女中たちを使って、その子を磨くということをしていました。映画「マイ・フェア・レディ」のように、上品な立ち振る舞いができるようになるためのレッスンをしていたのです。

家康のときのように、身分の低かった女性の子供がいじめられたり、外に出さなくてはいけないようですと、徳川家のためにならないので、育ちのいいお姫様くらいの振る舞いができるように、半年ほどかけてお作法を習わせるのです。

ただ、お局様配下の奥女中は、お茶、お琴、習字などの手習いはできるけれど、将軍の夜のお相手の訓練というのはなかなかできるものではありません。

将軍を喜ばせるように仕込む必要があるのですが、将軍の前に他の男が手を付けるわけにもいかないでしょう。

そこで、緊縛師が呼ばれたのです。けれども、将軍が選んだ穢れを知らない女性に、触れるわけにはいきませんでした。

縄が触れるのはいいのですが、下手に触ったりしたら、おそらく打首ですよ。

教え子を緊縛してくださったときに、僕が先生に、

「触らないようにされているんですね」というと、

「世が世なら、触ったりしたら打首になっていますから」とおっしゃったのですね。

これは冗談にとどまらず、本当にそうしたことがあったのだと思います。


大奥では、そのときに、教育係のお局様や奥女中が監視していたと思いますが、僕に朝、降りてきたイメージでは、将軍が何回かに1回は、緊縛師が縛っている場面をじっと見ていたように思えるのです。そのときにはお人払いされていて、緊縛師と村娘と将軍で、縄が結

われる音だけがする静寂の中、行われていたのではないかと。

僕自身が、教え子との距離感がゼロになると感じたように、将軍と村娘との間の距離もゼロになっていた。

村でたまたま目にして、見染めただけの村娘です。将軍自身もすぐには打ち解けられないし、将軍の立場を笠に着て、強引に手を出しても後味が悪い。

だから、僕が、縛られていく教え子をハラハラしつつも見守っていたように、将軍も村娘を見守って、お互いの距離をなくすということをしていたのでしょう。

僕のように、教え子だけでなく他の人との距離感もなくなったとすれば、村娘も開けっぴろげに心を開いて、将軍だけでなくお局様や奥女中に接することができるようになる。

心を開いて歩み寄ってくる若い女の子に、いじわるをしたり差別をするような人もなかなかいません。

それで、大奥の中も安寧に、調和を壊すことなく平和に過ごせていたのではないでしょうか。

みんなが喜び、幸せになれる最も効果的な方法がこの緊縛だったのです。

教え子を縛ってもらったときは、そこに神尾さんはいらしたけれど、最初から気配を消していました。

思い出すと、加藤先生ご自身も、できるだけ気配をなくすようにしてくださっていた。時間が経つにつれて、あの場にいたのは、彼女と僕だけだったような気になっていました。

彼女は、縛られた自分の脚越しに僕の写真を撮ったりしていて、完全にリラックスしていた。つまり、二人の世界が作られていたのです。緊縛師というのは、浄瑠璃(じょうるり)の黒子(くろこ)のような役割で、そこにいてもいないような存在になるのでしょう。

将軍は、緊縛をされる村娘を見て、僕のように、守ってあげたいと思い、他人との距離もゼロになる……、それが、将軍という身分に相応しい内面を作るのだと思います。

その次の日の朝は、「将軍がそうだったのなら、天皇も絶対にそうだ」という直感も下りてきました。

先述しましたが、僕が居眠りをしたり、半覚半睡のときに真実が下りてくる……、どうもご神事、特に僕が継承させていただいている祝之神事(はふりのしんじ)の主な内容は、実は緊縛だったのではないかと思います。

皇太子殿下に天皇霊を下ろして、本来の意味での天皇になっていただくという御神事が祝之神事なのですが、その中には緊縛は入っていません。

今、伝わっている御神事では、僕が思うに、天皇霊を定着させるためには何回も繰り返さなければいけない。実際、その程度のものです。

でも、今回の体験で、この緊縛を使えば、天皇霊は1回で定着すると確信できました。

そこで、本来の祝之神事というのは、皇太子殿下が見守る前で神官でもある緊縛師が巫女を縛ることで、天皇霊が下りてくるというものだと結論づけました。

もちろん、こんなことはどこにも書かれてはいません。天皇陛下に対して、何を不敬なことをといわれるかもしれませんが、本来の祝之神事はこれかもしれない……、いや、絶対にそうだという確信が生まれました。

神尾　緊縛の当日ですが、最初私を駅まで迎えにきてくださったときから30分くらいの間は、保江先生のお顔色がかなり悪かったのですよ。

保江　そう、風邪をひいていて、コンディションが最悪だったのです。

神尾　でも終わってからは、顔に赤みが差していらした……。空間が変わったのです。教え子さんもキラキラになるし、先生もすごく変わられましたよね。

保江　あれで、風邪だって治ったのです。

神尾　そこでは、振動などの調和がはかられていたのです。私はなるべく後ろのほうで見守り、縛っている先生も気配を消していらした。

そのためにあの空間の中で、お二人の渦巻きができていたのです。

私の感覚でいうと、女性は子宮にエネルギーがくると生命の波動が整うものなのですが、教え子さんは終わったときにはすごかったんです。体中の生命エネルギーが渦巻いて、あの空間を制していて、それにみんなが引っ張られていました。

保江　それで「すごいすごい」といってくださっていたのですね。彼女がその後から行った美容院の人にも、ちゃんとそれがわかった。

神尾　エネルギーに敏感な方だと、確かにわかるでしょうね。

保江　ところで、縛る時間というのは、人によって違うのでしょうか。

神尾　はい、ある程度違いますね。例えば私ですと、ほぼ運動したことがない、しかも年齢も重ねている。そういう場合と、若い方や運動をたくさんされている方では関節の状態が違いますので、ちょうどいい縛り方と時間は変わってくると思います。

まったく慣れていない人が長時間縛られると、解いたときに歩けないくらい関節がゆるゆるになってしまったりするんです。

ですから、縛っていきながらその人のエネルギー状態をきちんと見極められる先生にやってもらうと、一番いい時間の長さで縛っていただけて、一番いいコンディションのときに解いてもらえるんですよ。

それがわからずにただＳＭ的にやっていると、ベストではない時間でやることになってしまうんでしょうね。

例えば、筋肉質の人だと、長めに縛ったり、ちょっと強く縛ってもいいのかもしれません。筋肉が柔らかくてあまり運動をしていない人だと、時間も短めがいいかもしれません。


あと、これは私の話になるのですが、前述のように雷に打たれてから、左の肩は脱臼していますし、左の股関節はもっと子供の頃に亜脱臼しているんです。ですから弱いほうに合わせないと、後で不調和が起きて痛くなってきます。

先述のように、先生は体をスキャンするように、その方のその日の状態を見ながらやっていらっしゃいます。20分くらいで巻いて、時間をおかずに解くこともありますし、放置しているように長い時間を置くこともあります。周りからはわからないですが高次元と繋がっているときですね。

教え子さんは、おそらく右側の足が弱かったのでしょう。右に、ちょっと多めに巻かれているように見えました。

保江　右と左で極端に違いましたものね。そういう理由だったのですね。

パート3　沖縄からの訪問者が語る超常現象

保江　僕もこれまで、さまざまな治療と称するものや、覚醒を促すためのメソッドを試してきました。武術的にも、体の鍛え方とか、覚醒を伴うとされる訓練など、すごいものだと聞いてはやっていたのですが、今回のように感動を伴い、しかも即変化する、本人のみならず、そばにいた人までを巻き込んで変化があるというものは初めてでした。

僕自身は、未来のことが過去を決めていることや、意味のある繋がりが複雑に結びついていることを感じているし、それに関する物理学的、理論的な理解も他の人よりは深いと自負しています。

実際、いろいろと体験したこともありますが、今回くらいそれが密に集約したことはありませんでした。

緊縛をした後の変化も、手帳にメモしているんです。翌月には、さらにすごいことになって、それらは全部連関している。それを今から説明します。

緊縛を受けた前日の日曜日は、最悪のコンディションでした。

でも、道場で稽古をつけなければならなかったのです。代理の人はいないので、ゴホゴホいいながら、格好悪いけれど、頭を冷やさないように、道着に毛糸の帽子を被っていました。

体もしんどいし、適当に手を抜いてやろうと思ったのですが、その日に限って新しく入門してきた人がいました。若くて身長が１９０センチくらいあって、服装が総合格闘技のどこかのジムのものでした。

すると、最初に相手をしていた古い門人が僕のところに来て、

「どうもあの人は、沖縄からわざわざ稽古に来ているようです。沖縄の固有の空手から始めて、総合格闘技をやっている人みたいですよ」と、目で助けを求めてきました。

仕方がないなと思いつつしばらく見ていたら、確かに熱心でけっこうできるようでした。

一方、こちらは最悪のコンディションです。

それでも、せっかく沖縄から来てくれたのだから、なんらかの成果が必要だろうなと思って、今まで説明したことがなかったような秘伝、他の10年以上通っている門人でさえ初めて

聞くようなことを、説明しながらやってみせたのです。

彼は驚いた顔で見ていたのですが、「本当かな」と少し疑わしそうにしていたので、「ちょっとこっちにきてごらん」といって実際に相手にしてあげたら、すごく喜んでくれました。

僕も、そのときだけはだんだんと元気になって、いつになく調子良く、いろんな秘伝を教えながら、できるだけ相手をしてあげたのです。

稽古を終えた後、その人から話を聞いた古い門人が、いろいろ伝えてくれました。

彼が沖縄で習った古い流派の空手の先生は、本部御殿（もとぶうどぅん）という琉球王家で、武術の宗家だった上原清吉先生です。もうお亡くなりになったそうですが、僕も本を読んだことがありますし、すごい先生とも稽古している方です。

それで、彼は一人でいろんなところに行って稽古をしているそうなのですが、僕のことも知るに及び、どうも上原先生と僕が似ていると思ったそうです。

それで道場まで来てくれて、実際に僕を見てみると、確かに同じだったというのです。

上原先生と同じような動きで、僕が動いて簡単にやっているのが見られて、本当に来てよかったといってくれたそうです。

僕も、彼が喜んでくれてよかったなと思いました。


それで次の日が、緊縛だったのです。

そしてまた次の日曜日に道場に行ったら、その回にも彼が来ていたのです。

「なに、また来たの？」といったら、

「あれから、東京に泊まっています」というのです。

また熱心にやっていたので、こちらとしても、熱意に応えてあげなきゃと、日頃いわないようなことも話しつつ、教えました。彼もまた感動してくれて、みるみる輝いていくのです。

古い門人なんかは、「なんであいつだけ」と思ったかもしれません。


稽古が終わって着替えているときに、彼が僕のほうにきてくれたので、

「これで沖縄に帰ります。ありがとうございました」と挨拶をするのかと思っていたのですが、いろいろ資料を持っていて、

「あの、実は……」と語り始めました。

彼は、上原清吉先生についていただけではなく、本当にいろんな先生を訪ね歩いて、どの先生からも可愛がられていて、かなり深いことを教えてもらっていたようでした。

資料を見せながら、

「この先生のところにいって、こんなことを教えていただけました」とか、とても興味深い話をしてくれ、僕が、

「すごいじゃん」とかいいながら見ていた中に、なんと陰陽師もいたのです。

うちの家系は、赤穂藩お抱えの陰陽師集団のボスだったのですが、赤穂浪士の騒動のときに北海道まで逃げて、また大阪に戻って、播磨陰陽師として受け継がれている家系がありま す。

その家系に、尾畑雁多(おばたかりんど)氏という陰陽師がいて、僕も一度会ったことがあったのです。彼は、その尾畑雁多氏の弟子でした。

そこでかなりのことを習って、僕の本も近著まで読み込んで、最近のビデオも見てから来たということでした。僕が、空間を変容させるということを知って、

「実は尾畑先生のところで、陰陽師の御式内という武術的な技法のときに、以前は必ず指

で印を結んだりして、空間を切ってやっていました。

でもそれを、今はなさらないのですね。『空間を変容させて』というような説明はありませんでしたが、絶対にあれは代々の陰陽師が、敵がいるところの空間を切っていたのだと思うんですが」というので、

「よく知っているね」といったら、

「実は、尾畑先生のところで教わったのです」と。

また、僕がスピリチュアル系の中で最も尊敬する人は空中浮遊をする成瀬雅春さんです。ヨガの先生なのですが、なんと彼は成瀬さんのところまで行っていて、弟子でもあるのです。

成瀬さんが出している本で、ご本人が空中に浮いて歩いたという記述があるのですが、そのときに彼は、すぐ後ろにいたというのです。

成瀬先生は、普段はひたすら瞑想をされたりしていて、スピ系のことはおっしゃらないそうです。でも、好きなお酒を飲んで気分がよくなると、スピ系のことばっかり話すといっていました。

そして彼は、空中浮遊や空中歩行の仕組みからなにから、全部教わっているのです。

それを、その稽古後に説明してくれました。

神尾　すごいですね。うらやましい。

保江　彼から聞いた空中浮遊、空中歩行のノウハウは本に載せるわけにはいかないので、秘密にしておきます。

こういうことは、成瀬先生はお酒を飲まないと絶対におっしゃらないそうです。

成瀬先生は、ほとんど物を食べませんが、ちょっとしたナッツくらいを当てに、お酒は飲まれるそうです。お酒でエネルギーを入れているのですね。

僕も最近はちゃんと食べていますが、それまでの食生活は、ワインはガンガン飲んでも、あんまり食べませんでした。

ちょっとつまめるものがあって、それでガンガン楽しく飲んでいれば、痩せてはきますが調子がいいのです。成瀬先生もそうだとのことでした。

そしてお酒が入ると、本当のことを教えてくれる。

だから、彼みたいに親しくなって一緒に修行をし、終わってからは酒を飲みながら、本当の話を聞くのが一番勉強になると。

昔、弘法大師や役行者（えんのぎょうじゃ）は、遠くまであっという間に移動したそうですが、成瀬先生もできたそうです。

まず、空中浮遊ですが、あれは浮いているわけではないそうです。実は、下半身が別の世界に行っているという。いわゆる霊的なエネルギー密度が高くなった部分は、この世界では透明に見えるのだそうです。

だから、下半身にエネルギーが集まってくると、まず透明になる。

そうすると、腰から上だけがこの世にあって、下は透明だから浮いて見えると。見た目は幽霊みたいな感じですね。

成瀬先生くらいのレベルになると、向こうの世界で足を組めるので、足も見えるようになるとのことですから、空中に浮いているように見えるのです。

また、空中歩行のトレーニングは沖縄の彼も受けていて、ある程度できるそうです。

そして、稽古のときの僕の目つきが、成瀬先生がトレーニングをやってみせてくださると

き と同じようだったというのです。
空中浮遊、空中歩行をするときには、目はほとんど焦点を合わせないで、遠くをボーッと見たままにしているのだそうです。

神尾 なるほど。

保江 ただし、成瀬先生がおっしゃるには、現代の日本では、トレーニングをしてもそうそうできるようにならないと。チベットのように、高山で一歩踏み外すと命も危ないというようなところじゃないとできにくいということです。

どこにクレバスがあって落ちるかわからない、氷も頑丈そうに見えて実際は壊れやすい、そんなところでトレーニングして初めて、能力が開花するのですね。

それをずっと練習していって積み重ねていくと、習得できるのだと。

そして、昨日の稽古に、また沖縄の彼が来てくれました。

すでに全部教えていたので、本当はもう教えることがないくらいなのです。

でも、こんなに熱心に来てくれているのだから、何か新しいことを教えてあげないとかわいそうだなと思っていました。

テレポーテーションの極意は、間の空間を瞬時になくすこと

保江　実はそのとき、僕にはある直感があったのです。

１週間前に教え子が縛られるのを見て、彼女との距離も他人との距離もゼロになって、僕には空間がなくなっている状態です。

もはや門人とも一体になっているような状態ですから、どんな技をかけても門人は倒れるという確信がありました。

それで、沖縄から来ている彼に技を見せてあげようと思ったのです。一番体の大きい門人を呼んで、

「絶対に体が倒れないように、踏ん張って抵抗しろよ」といいました。

普通に門人を押してみると、びくともしません。

しかし、緊縛のときのことを思い出してみると、すぐに空間がなくなっている状況にできた感覚があり、僕はゆっくり、ふーっと門人に近づきました。

すると、手が当たるか当たらないかのところで門人がこてーんと倒れて、みんなびっくりしました。

予想はしていたとはいえ、一番驚いたのは僕です。「本当なんだ」と。

沖縄の彼も喜んでくれて、終了して着替えるときに僕のところにやってきました。

そして、僕が門人に近づいたときの歩き方が、成瀬先生が空中歩行したときの歩き方と同じだったと教えてくれたのです。


そして、成瀬先生がお酒の席で教えてくれたことの中に、こんな話がありました。

日本にも昔、レベル違いの霊能者がいて、奈良の山奥から京都まで、歩いたら何日もかかるはずのところを、一瞬でピューンと行けた。

なんでそんなことが可能だったかというと、間の空間を消していたからだったと。そのまま空間が残っていたら時間がかかりますが、そこに空間がなくなっていればすぐに着ける。

そういう技術を使っていたのです。沖縄の彼から、
「保江先生もそれをなさっていますよ」といわれたのですが、それは、緊縛のおかげです。
僕はもう、嬉しくてね。見ていただけなのにそんな状態にしてくれるのだから、緊縛は本当にすごいですよ。

それで、「じゃあ僕も、チベットのような足場が危うい場所でやれば、空中浮遊できるんだな」とか、「瞬間移動のようなこともできるのか」などと思ったのですが、ふと気がつきました。

僕は車の運転が好きで、14時間くらい連続で運転しても、さほど苦痛に思いません。例えば、東京〜岡山もひとっ走りしますが、苦にならないのです。

10時間以上はかかるのですが、そんなに長い間、運転しているような気もしないのですね。いつも、ほんの2、3時間で岡山に着いたような感覚なのです。

これはひょっとすると、成瀬先生が歩くときに距離を短くしているのと同じように、僕も空間を縮めて、短時間の感覚で移動できているのかなと思ったのです。

また、思い出されるのが、少し前に、東京の秘書を僕の車で、埼玉まで送ったときのことです。

彼女が、「緊縛はどうでした？」と聞くから、かくかくしかじかと話すと、すごく興味をもって聞いてくれました。

そうして走って行くと、いつも混んでいる首都高池袋線が、不思議なほどガラ空きだったのです。

外環（東京外環自動車道）の美女木（びじょぎ）まで行くのですが、美女木交差点の手前でふと左を見ると、キラキラした夕陽が沈むところでした。

雲ひとつない快晴で富士山も見えて、空気も綺麗で周り中が輝いているのです。秘書も、「こんな情景は絶対に見られない」と写真を撮っていました。

これは、緊縛の効果などについて、よくぞ気づいたという神様の祝福かなと思えたのです。空間についての理解が深められたことも、もちろん、神様からのご褒美です。

本当に今回の緊縛体験で、いろんなことが押し寄せてきて、空中浮遊やあらゆる武術の情報もすべてが緊縛を中心に一つになってきています。

神尾　すごいですよ。緊縛を受けた後は、バーンときますから。

『エクソシスト』は本当にある

神尾　加藤先生のことで不思議な話があります。

保江先生と加藤先生が、会われる前から繋がっていたと思えるようなことなのです。

しかも、あのときの若い武道家の先生も繋がっていたという。

加藤先生のことは、あんまり外部にお伝えしてはいけないことになっていて、弟子の私どもは、以前は加藤先生のフルネームも教えていただいていませんでした。ネットなどでの検索もしてはいけないという掟のようなものがありまして。

保江先生から最初に、緊縛をやりたいというお話をいただいたとき、失礼とは知りつつ緊縛の先生の名前は伏せさせてくださいとお願いし、ご了承いただきました。

同じくらいのタイミングで、たまたまその若い武道家の先生の YouTube のことを加藤先生にお話ししていたのですが、普段でしたら武道系の話については、素人の私が何を語るのだという感じでお返事もしていただけません。けれどもなぜか、そのときはその先生とのご縁についてお話ししてくださいました。

加藤先生とその先生は、何かご縁があるのかなと思っていましたら、保江先生の教え子さんの緊縛の後の時間に、特別ゲストとして保江先生がセッティングしてくださっていたのが、その先生だったのですね。

私は、その先生が鞆トレ（鞆帯トレーニング）の施術をするところも拝見できることになりました。もともとトレーニングされているその先生の体が、加藤先生の施術で変化していくところも目の当たりにできまして、本当に幸運でしかないです。一流の武道家の方ですから。

加藤先生は、緊縛の後にその先生が来られるのをご存知なかったはずなのですが、保江先生がセッティングしてくださったときには、知っていたかのように見えました。

保江　なるほど。そうだね。

神尾　保江先生によって、天の配剤としか思えないようなことが起こり、加藤先生が気にかけられていたその若い武道家の先生の肉体の強化ができたということではないでしょうか。

保江先生は、その先生の YouTube にも出ておられましたね。

保江　ええ、YouTube にアップすることをご報告いただきました。

神尾　加藤先生は、今は弟子たちに靭トレというのを教えてくださっています。それは、人が本来持っている体の仕組みとして、筋肉を使う前に、靭帯の動きを誘発させるということです。

靭帯の動きを誘発させるとは、筋肉を使う前の、骨格の動きをアシストする靭帯に注目し、その靭帯を使うことで、ある種のエネルギーが生まれるように靭帯に働きかける体の使い方のことです。

例えば、壁に向かって肩の高さで腕を真っ直ぐ伸ばしてこぶしをつけます。ギューッと押して肩や腕の筋肉がバンバンになるのは、筋肉を発動させているからなのですね。

同じ位置で力を入れないで、そのままこぶしをつけていても体に何も変化が起きないのは、骨格（関節）が壁と釣り合っているのです。

靭帯の動きが誘発されているときは、こぶしをつけていて力は入っていないけれど、なんとなく静電気のようなものが体を包んでいる感覚が起こり、体全体が落下する感じがしたり、上に飛ぶような感じが起こったりします。

これは、骨格（関節）や重力に誘発されて起こるエネルギー現象です。


この仕組みの探究として緊縛もありますし、ヨガもあります。加藤先生が長年続けられている武術、格闘技などでも、靭帯が発動している動きの強さを見極められて、それを現役の選手や指導する方に伝授されたいという思いをお持ちです。

そこで、その若い武道家の先生とお会いしてこのトレーニングを体感していただくというのが、保江先生を通じての配剤だったのではないかと思うのです。


「保江先生にお会いして、僕は変わった」と加藤先生はおっしゃっていました。

私も、すごく嬉しくなりました。流れが大逆転するくらい、変わることができました。

私は普段、施術のお仕事をしていますが、靭トレを加藤先生から教わっており、体の中が動いて、解放の踊りのようなものになってエネルギーが出ています。

このエネルギーを使って相手に共振してもらうと、相手の体の中でも、解放の踊りのようなものが起こる場合があります。

実はこの間、映画『エクソシスト』みたいなことが起きました。霊感があるクライアントさんから、

「ちょっと大変な人を送り込みたいから、診てみて」といわれまして。

しかし、私には霊感がないですから、「そういわれても……」と思ったのですが、とりあえず来ていただきました。

来られたクライアントさんは、お母さんのお葬式のときからおかしくなったそうでした。

初めて来られた方なので、もともとどういう状態かはわからないのですが、長年農作業をしていた私の祖母のように、背中が丸まった状態で入ってこられまして。

ベッドに仰向けに寝ていただき、背中に私の手を差し入れて2、3秒したら、急に胸の真ん中辺りが、テニスボールが2、3個入っていてバラバラに跳ねているように動くんです。5センチくらい胸から飛び出してくる感じだったのです。

人間の体は、背骨の形状からして蛇のように波打つように動くことはできます。ところが、その方の胸は、テニスボールが単独で弾けるように、ボンボンボンと天井に向けて、5センチも突き上がるんです。

もう、ギョッとしてしまいました。でも、手を離すこともできないのでそのままやって、ある程度のところで一度手を抜いたのです。

そして、改めて足とか手からアプローチしていって、首のほうから背中に手を回して再度、背骨にアプローチしました。すると、排水溝が詰まっているときに、ボコッボコッというじゃないですか。あんな感じの音が、気管というか、胸の辺りから し始めました。げっぷのようなものが最初、ボコンとなって、またボコンとなってと3回繰り返して、最後にボコンといったら、その方の胸の辺りもスッと収まって、何もなかったかのようになりました。

私は霊は見えないので、中で何がどうなっていたかはわかりません。私から出ているエネルギーがその方の体に共振を起こして、中にとどまっていた何かが解放されて出てきたということじゃないかなと思います。

その後、その方は急に、涙を流し始めたのです。「ありがとうございました」と。

施術は20分もやっていなかったのですが、「今日はこれで終わります」と終了しました。

その女性は40代だったのですが、来られたときは、背中が丸まったおばあさんみたいだったのが、お帰りのときは普通に立てるようになりました。

「実は、先ほどまで視界が白黒にしか見えていなかったのですが、今は普通にカラーで見えています」とのことでした。

「何が憑いていましたか」と聞かれましたので、

「わかりません。でも、ボコボコと3回くらい何かが出たから、あなたは本来の状態に戻ったんだと思いますよ」とお伝えしました。

その後にお話しくださったところによると、お母さんのお葬式の頃から急に、暴れて周りの人に取り押さえられるということがあったそうです。床を這いつくばって虫みたいに動き回っていたともおっしゃっていました。

明らかにおかしいのでみんなで押さえるのですが、すごい力で跳ね除けて、そのときに体中あざだらけになったと。あざができても全然痛くなかったということなのですが、それが、

「普通に戻ったら、急に筋肉痛とか、あざのところも痛みが出てきて、今、体中が痛いんです」

というのです。

びっくりしましたが、映画『エクソシスト』は本当のことなんだな、と思いました。

保江　もちろん、本当ですよ。

神尾　それが目の前で起こって、すごく驚きました。

その方が来る前に、保江先生に教えていただいた陰陽師の結界の張り方で、身を守っておりました。おかげさまで、自分に何かが取り憑くということもありませんでした。

霊的なものは見えませんが、自分ではビビっています。

保江　見えないほうがいいのですよ。下手に見えると余計にビビるので、呑気に知らぬが仏でやっておけばいいいんです。

神尾　それが、最近で一番びっくりしたことです。緊縛で先生も変わられましたが、私もかなり変わりました。

私の経験についても少し、シェアさせていただいてよろしいでしょうか？

私は5年ほど前に、加藤先生から切腹姫と呼ばれていました。その理由は、加藤先生から靭トレを受けているときに、急に私がトランス状態になって、切腹の動作を始めたからです。

私は、まるで刀を握っているような手つきで、見えない刀をお腹に突き立て、横に切る動作をしていたようです。

靭トレでは、体の滞りのあるところを解放するように、手足をバタバタと動かしたくなるということはよく起こります。また、人によってはトランス状態になり、勝手に体が動いたり、不思議なものが見えたりすることがあります。

私の体験では、加藤先生のトレーニングを受けた後、視野が格段に広がってきたり、照明がパーティタイムのようにキラキラして見えたり。

視覚的に変化を感じるのは、視神経などが活性化したからだと思います。人は普段から、目から入る情報に頼っているので、視野が広がるのは素晴らしいことだと思います。

また、赤ちゃんに帰ったかのように、手足をバタバタさせるような動きが出ることもあります。これも、動きの悪いところを解放するために、本能的に行っているムーブです。

ただ、この切腹のような所作をすることは、それまでは体験したことがありませんでした。切腹の動きが出たときは、無意識に何度もその動作を繰り返していたようです。

施術室の3畳ほどのカーペットの上で膝をつき、上体を真っ直ぐ立て、お腹を切っていたのです。武道の心得もありませんから、刀をどう持ってどちらの方向から出すのかも知らないのですが、無意識に切腹の所作をします。

そうしたことが、何度もありました。何かを考えているときは、そのような状態にはなりません。何も考えず、頭が空っぽになったときに、急にそういうことが起こっていました。


この現象を見ておられた加藤先生がおっしゃられたのは、

「あなたは前世で切腹したことがあるようだね。そのときのトラウマを体が解放しているのでしょう」と。背骨に記録されている、前世の記憶の表出ではないかとのことです。

加藤先生の考察では、そのとき、私は女性だったようです。切腹する前に、普段から着慣れている感じの、引きずって着る打掛の裾を捌くような大振りの所作をしたそうです。

なぜ着慣れているように見えたかというと、そのような着物を普段から着ていなければ、そうした体の動きができないからです。また、背骨に通るエネルギーのしなやかさが女性であったとうかがえるといわれました。

そして、刀を腹の中心に突き刺し、何がなんでもこの思いを遂げるという覚悟を感じるような強い動作であったので、よほどの思いで切腹した姫だったのだろう、おそらく、戦国の世で、下の者の不始末の責任を取ったのではないかと考察されていました。

現代の洋服や和服の足捌きと、昔の姫様が着ていたような長い裾の着物の足捌きは、明らかに体の使い方が違います。トランス状態でしていた私の足捌きの動きは大きく、裾ごと体を回すような所作だったそうです。

所作は、普段からしているものが出るので、いつも裾の短い着物を着ている人であれば、その着物を身につけているなりの、体を扱う癖が出ます。

ましてや、現代の私は裾の長い着物を着ることなどありませんから、そのような所作にはなり得ません。切腹をしたときに着ていた着物は、もしかしたら白装束で、打掛ではなかったかもしれませんが、慣れきっているように繰り出された動きは、完全に姫だったようです。

それで私は、切腹姫と呼ばれるようになりました。

そのうちに、このトラウマは解消されてしまったようで、今はもう切腹する動きは出なくなりました。


私たちの体には、まだまだ解明されていない設計図があります。私は、背骨に記録されている、知られていない設計図を発動して、トラウマを解消したようです。

この切腹姫の体の動きは、解放の動きです。先生にトレーニングしていただいたことでエネルギーが充実して、解放が始まったようです。

私たちの体には、充実の動きと解放の動きがあり、充実の動きは体の中心にエネルギーを送ることができます。解放の動きは、そのエネルギーを体の弱くなっているところや固くなっているところを通すことで、体を解放させながらエネルギーを外に放出するという動きのことです。


切腹する動きは出なくなりましたが、まるで、エイサーを踊っているような賑やかな動きや、武術の達人のように「四方斬り」のような動きをしたりします。エネルギーの解放が終わるとだんだんいつもの自分に戻り、それまでしていた見事な動きはなくなります。

この現象のすべてに私の前世の記録が関係していたのかはわかりませんが、たぶん、私だけに起こることではなく、誰にでも解放は始まり、誰にでもこのような現象が起こる可能性があります。自分の前世がどうだったということではなく、今現在の現世の肉体が解放されます。今、生きているご自身の体調が良くなるのです。

この動きを体験したときに肉体の解放が始まり、自分で自分の体を回復させるということを体感しました。これは特別な能力ではなく、誰にでも起こる可能性があるそうです。

ベートーヴェン『運命』のような呼吸

神尾　また、面白い現象だなと思ったのですが、靭トレを受けているとき、体の中にエネルギーが満ちてきて、ベートーヴェンの運命の出だしのような、「すっすっすっはー」という呼吸になることがあります。
この「すっすっすっはー」を何回か繰り返すと「すっすっはー」になり、「すっはー」と普通の呼吸に戻っていきます。また逆に、もっとたくさん「すっすっすっ」が続き、ひたすら吸い続けて息が止まり、体の中をぐるぐるとエネルギーが回る感じがしてから、やっと吐くモードになることもあります。

たぶん、「すっすっすっはー」という呼吸をベートーヴェンは体感したことがあり、それを曲にしたのかもしれません。『運命』の出だしがとても耳に残るのは、体本来の仕組みの一部を表しているからなのかもしれないですね。

このような呼吸は、頭で何かを考え始めると消えてしまいます。私は、加藤先生に鞆トレを受けているときと、寝る前に背骨に呼吸を通すようにしているときに、「すっすっすっはー」になりやすいです。

漫画『鬼滅の刃』(吾峠呼世晴(ごとうげこよはる)　集英社)で、ヒノカミ神楽を舞う、主人公の炭治郎のお父さんは、呼吸が大事だといっていましたが、何も考えず呼吸に任せると、寝たきりに近いお父さんがずっと舞い続けていられました。

もちろん、私はあの境地ほどの呼吸を使えていません。体の中に呼吸のエネルギーが動くのがわかるというレベルです。

では、私が体感できている範囲で、炭治郎のお父さんの動きについて先生に教えていただけたことをお伝えします。

神楽の踊りのときに七支刀（しちしとう）という刀を持って舞う炭治郎のお父さんの動きは、持った腕から刀の重みを体全体が感じたときに、重力を使って体が螺旋状に動くことでエネルギーが出るそうです。私も、それを体感させていただくことができました。

NHKのテレビ番組、シリーズ『明鏡止水』の中で、すごい武術の達人が、座った姿勢からどこの筋肉も使わずにふわっと立ち上がられていたのを拝見したことがあります。

その方は、刀を持ち、振り下ろすという日々の鍛錬の動作によって、関節の連動と一体化がすでにできておられ、体の中で、刀を持たなくても持っているのと同じ動きがなされていました。それによって、体が浮くというところをテレビで見せていただけたようです。

その方の体の中で行われたような、刀による動き、刀を持った体の感覚。

また、その刀があることによって、骨格のバランスが重力と共に変化し、持ったほうの腕が重みの分、大きく動かされ、体もそれについていく感覚になる。

それと同じものを、鞆トレによって加藤先生から私の体に写していただき、体感させていただきました。刀の重みで自然に体が動いた感覚は、本当に見事なものでした。

つまり、炭治郎のお父さんが七支刀を片手に持ちながら舞うことで、その刀の重みや形状からくる骨格への影響と重力の影響で、エネルギーが動いたことが考察できました。

普段の私レベルではこの考察はできませんが、鞆トレでその感覚を写していただいたことによって、炭治郎のお父さんがやっていることと、武術の達人も鍛錬によって体現されているのだと気づくことができました。

保江　なるほど。加藤先生は、鞆トレの達人でいらっしゃるのですね。

その加藤先生による緊縛の場は、本当にすごかった。教え子の緊縛が、彼女や僕の人生を大きく変えたのです。

あの緊縛がある人生とない人生では、大違いでした。

神尾　分岐点になったのですね。

保江　あれがあったからこそ、道場で技をさらに発揮できましたし、成瀬先生のところに行っていた沖縄の男性の話とも繋がった。

スイスの銀行マンの緊縛体験

保江　実はもっと、奇跡の連鎖があるのです。僕のスイスでの教え子がスイスの銀行に勤めているのですが、この前の金曜日にその部下がきて、飲みに行くことになったのです。

そのとき、僕は一番興味のある話にしたかったから、緊縛の話をしたのです。

彼もスイス人で、フランス語と英語を話すのですが、僕は英語はあまり得意じゃないから、フランス語で会話をしていました。

神尾　フランス語で緊縛はなんというのですか？

保江　ボンダージュといいます。英語ではボンデージでしょう。

まさか僕の口からボンダージュという言葉が出るとは思わないだろうから、彼は驚くだろうと思ったら、逆に目の色が輝いてきて。

「そんな話をしていいのか」といいます。

「最近それにハマっているんだ」というと、

「なんだ。実は前からその手の話をしたかったんだ」というのです。

「なんで？」と聞くと、なんと、彼は緊縛の経験者だったのです。

彼は、見た目も格好よくて、年齢は40歳を少し超えたところだそうです。30代半ばに離婚して、再婚しています。カトリックだから本当は離婚は許されないのですが、神父さんに頼み込んで再婚したそうです。

最初の結婚が破綻して独り者に戻ったときに、もう遊びまくったといっていました。グッドルッキングですし、銀行員で稼ぎもあるということで、モテまくっていた。

マッチングアプリで好みの女性を探し、毎晩のようにデートをしていたといいます。

あるとき、アプリで彼好みの女性が見つかったので会ってみたら、本人は写真と違いました。顔は似ているのですが、写真よりだいぶん、ふくよかだったそうです。

彼は太目の人には興味がなかったのですが、仕方ないので一緒に食事をしました。そこで、「前から興味がある映画をやっているので、これから一緒に観に行きませんか」といわれて、まあ映画くらいならと承諾したのだそうです。

それが、メジャーな映画を上映する映画館ではなく、単館系の映画館で、マニアックな作品を扱っているところでした。

その映画は、フランスの作品でした。それが、フランス人が日本に来て、緊縛を題材にしてルポルタージュ的に撮ったものだったのです。日本には緊縛師というのがいて、女性を裸にして縛っていると。フランス人の監督とカメラマンで撮った作品で、彼はそのときは「へえ」と思っただけだったそうです。極東の日本では、こんなことをやっているのかと思った程度だったのです。

映画が終わって帰ろうかと思ったら、

「私の部屋でコーヒーでもどうぞ」といわれて、断りづらくもあったので、部屋に行きました。そこで、コーヒーと共に出てきたのは、一つの箱。ケーキでも用意してくれたのかと思いましたが、女性が箱を開けると、入っていたのはなんと、縄と手錠だったのです。そして、「これで縛ってもらえませんか」といわれたのだそうです。

神尾 縛る側になったということですか？

保江 そう。彼は、もちろん初めてでした。

でも、これも経験だと思って、観たばかりの映画の記憶を蘇らせつつ、とりあえずやってみるかとベッドルームに向かったそうです。

ベッドヘッドは金属の棒になっていて、すぐに手錠がかけられるようになっていました。そこで、まず裸の彼女の腕を手錠で固定してから、映画の見よう見まねで縛ったというのです。

このタイミングで、たまたま飲みに行ったスイス人に、マイブームの緊縛の話を振ったとたんにこんな経験談を聞くことになるとは、できすぎでしょう？

ちょうどその日の朝、加藤先生からメールが届いていて、「緊縛の場面が出てくる非常に美しい映画があるので、一度ご覧になってください」とありました。『UNDO（アンドゥ）』という、岩井俊二監督の映画です。

主人公の山口智子が、相手役の豊川悦司に「縛って」というような内容なのですが、本当に美しい作品でした。

映画でも、『花と蛇』のようなSM主体のものもあれば、こういうのもあるんだ、と思いました。

このように、これでもかというくらい、凝縮して緊縛に関連した出来事が起こりました。

そして彼に、「英語のワイフの語源を知っているか」と聞いたら、当然知らなかったので、説明してあげたら感動してくれて。

「さすが保江博士！　すごい」と持ち上げられました。

「いや、関係ないだろ。僕は物理学だよ」と（笑）。

まるで覚醒剤?! 緊縛による強烈な作用

保江　緊縛での作用などについては、お医者さんに聞いてみてもいいかもしれませんね。

矢作直樹先生とか（＊編集注　２０２４年内発刊予定の、矢作直樹先生、はせくらみゆき先生との鼎談で、緊縛の話題が出てきます。タイトルはまだ未定です）。

今は、病気を治すために薬に頼るでしょう。それよりも、覚醒剤を使わないで覚醒する技術があるのであれば、すごく有益です。

それこそ神尾さんが教えてくれたように、緊縛って、覚醒剤を使わずにできる覚醒なのです。

例えば、脳科学の観点から、緊縛を、精神的な病気のみならず、すべての病気について治療という目的で使えないでしょうか。

精神病院では、暴れる患者さんは拘束されますが、一般的に見たら、「体の自由がきかないなんて、かわいそう」と思われますよね。

でも、こうして緊縛について考察してきたら、拘束されれば逆に、健全なモードになれるのかもしれない。それをほどいたら、元に戻ってしまうような気もしますね。

これからは、緊縛というものをSMとかアダルト的な目的ではなく、もっと積極的に医療現場に活用できるといいですね。

例えば、政治家や社長といった人を導くような人たちが、みんなに優しく、利他で生きて行くのに最も手軽な方法がある……、それは、緊縛を体験したり、その人が一番大事に思っている人を緊縛師が縛る場面に立ち合わせることである……とか、そういうことを神尾さんと僕で世の中に提案していきたいですね。

パート4

「愛おしゅうて愛おしゅうて、かわゆうてかわゆうて」
——至ったのは禅の境地

（対談二日目）

二回目は全身緊縛

保江　今日の話は、いっそうすごいものになりそうです。

前回、お話ししたように、1回目の緊縛を受けた教え子が、もう1回お願いしたいとして実現したのが、一昨日の朝のことです。

1回目のときは、どういうふうに縛るのかといった基本的な知識もまったくありませんでした。脚まで縛られたら動きが不安定になるので、例えばポールのようなものを支えにして巻き付けるように縛ってもらえればいいんじゃないかとか、適当に想像していました。

そのため、緊縛をしていただいた僕の事務所のセッティングなどは何も考えていませんでした。

でも今回は、要領も得ていて時間もあったので準備ができました。

神尾　そうだったんですね。ありがとうございます。

保江　フローリングの床に敷く、畳2畳分の蓙（ござ）を用意しました。

神尾　それ、最高ですね。すごくいいです。

保江　それから、この前はこの部屋の鏡をそのままにしておいたから、写真を撮ったときにその僕の姿も入ってしまったので、今回は移動させました。

　シンクの下半分も入っていて、絵的に美しくなかったので、そこを隠すように鏡を置いたら、ちょっと昭和ロマンな感じになりました。

　それと、この前は、先生が明るい部屋よりも少し暗いほうがいいとおっしゃったので、遮光カーテンをひいてみたのです。そうしたら、昼間でも薄暗くなって、雰囲気が出るでしょう。

神尾　素敵です。

保江　そして迎えた、当日です。

　本人が怖がるかもしれないと思ったので、最初は部屋を暗くしないでおきました。

　先に教え子がやってきて、ごく普通に挨拶をしました。

こっちのほうがなんだかドギマギしてしまって、ちょっとぎこちなくなっていたかもしれません。本人はといえば、意外にもいつものように平然としています。2回目ともなると、堂々としたものだなと感心してしまいました。

そうしているうちに加藤先生がいらしたので、まずは、

「今日は、遮光カーテンを閉めて少し暗くしてやりましょうか」と聞くと、

「いえ、今日はこれをつけてもらおうと思います。同じ効果がありますから」といって、アイマスクを出されました。やはり、暗いほうが皮膚も敏感になり、効果がより期待できるとのことでした。本人もそれでいいと了承しました。

さて、僕はときどき、出会った女性の足を、美しいと感じたときに写真を撮らせてもらうことがあります。その中で、その教え子が車のタイヤに片足をかけているものがあり、そのとおりの脚の形で緊縛してもらえば、それは美しいに違いないと思っていました。しかし、神尾さんから、

「本人のその日の調子によって、体調などが改善するように縛るので、ポーズのご希望などはお受けできないと思います」と聞いていたので、僕のほうからは一切口に出しませんで

した。

まずは、体全体の調整をしながら診てくださっていましたが、足を調整しているときに、なぜかあの写真のように、片足が伸びて片足が曲がっているようなポーズにばかりされていたのです。

「先生、先ほどから足を、その形にばかりされているのは、何か理由があるのですか？」と聞くと、

「もちろんです。この方は右と左にズレがあるので、それを治すためにこうしています」と答えられました。

「じゃあ、足をこの形のまま縛るのも、良い施術になるのでしょうか」とおうかがいしてみたら、

「もちろん、いいです」と。そこで、

「この子の足が一番綺麗なのは、この状態なんです」といって、一応運び込んでおいた例の写真のパネルをお見せしたら、

「ああいいですね。じゃあそのようにしましょう」と快諾してくださったのです。

教え子本人も、笑顔でパネルを見ていました。

「これは、東京タワーの駐車場で撮ったんですよ」というと、先生はしばらくパネルを見た後、

「これも緊縛の一種です」とおっしゃいました。

神尾　そうですね。

保江　続けて先生が、

「足がここまで上がるような体勢だったということは、上半身は動きにくかっただろうし、写真のためのポージングだったので動かないように意識していたはずです。だから、緊縛状態だったはずですよ。

こういうポーズにすることで体が正常になることを、本人も無意識に気づいていたんです。このポーズで撮影した先生は偉い」とおっしゃってくださいました。

そして、

「体の調整が終わったので、足を縛るのには、長椅子を使いましょう」と。

　まずは長椅子に座って、前回のように腕を後ろで縛りました。この前は腕は腕、脚は脚で縛ったのですが、今回はまず腕を縛った後に、立ち上がって背もたれとしてポールに寄りかかり、お腹の辺りを縛り始めました。

　下腹付近のところでかなり大きな結び目ができていました。バナナのようなソーセージのような結び目が前にあるので、ちょっと卑猥な感じでした。

　そして再び長椅子に座ってもらって、今度は脚を縛り始めました。

　気になったのが、前回、縛っている間もその子はしゃべったりしていたのですが、今回はあまり話をしないんです。

「寒くない?」とか「大丈夫?」とか僕が声をかけると、

「まったく大丈夫です。この前のように怖いこともありません」と答えてくれたくらいで、ほぼ無言でした。

　そうして最初のパターンの縛りが完成しましたが、今回は特に見た目も美しいもので、「この先生はやはりすごいな」と思いました。

しばらく時間を置いた後、真っ直ぐにしていたほうの脚を解いて、今度は両方の膝をたたんだ状態で縛り、後ろ手に縛られていた手を解いて、長椅子に縛りました。

「物と一緒に縛るという手法があるので、それをお見せします」と。

両足の膝を曲げた状態で、一見、まるで拷問のような状態に縛っていきました。その様相が、まるで蜘蛛の巣に絡め取られているようになるんですね。

とても絵になるので、アートとして見たい人が興味を持つのは、こういうものなんだろうな、と思いました。


縛り始めるときに、先生が体の一部を触っていると、それに反応した動きが自然に発生するでしょう。それも見せたいと、先生が、

「足首を押さえておいてください」とか、

「膝を押さえてください」といわれるので、ときどきお手伝いしました。

最初、体の状態をみるときには、まだアイマスクをしていないから、教え子も僕の動作を見ていました。僕が、足首や膝を押さえていると、教え子は笑いながら、

「先生、やけに緊張して、真面目なお顔になっていますね」といいました。

おっしゃるとおり、こちらのほうが緊張してしまっていたのです。

その縛りが終わると、先生が教え子にアイマスクをかけましたが、本人は緊張してるふうでもありません。

幽体離脱——二人きりの幸せな時間

保江　二つ目の緊縛としての、椅子への縛りも完成してしばらくすると、それを解く段階になりました。先生が、

「ちょっと来てください」と僕にいうので近寄ると、

「ここをこうやってすると、解けるでしょう」と、両足の股間の部分の、バナナのようにした端っこのところだけちょっと外すのをやってみせてくれて、

「こうやっていけばどんどん縄が解けますから、続けていってください」というのです。

彼女にも僕から、

「先生がそういうから僕が外すよ」と声をかけました。彼女は躊躇なく、

「お願いします」というので、おもむろに外し始めました。

想像よりも、キツく縛ってありました。神経を使っていても、つい、指先が触れてしまいます。股間の部分で作られた結び目を解いていたので、太ももの内側のところにも手が当たるでしょう。その肌はとても柔らかくて、しっとりしていて、「いいのかな」と戸惑う気持ちがありました。でも、本人はまったく気にしていない様子です。

いつのまにか加藤先生は席を外しておられ、僕と教え子の二人だけの世界のようになっていました。僕が縄を解いていく、シャラシャラとした音だけが耳に心地よい、静謐（せいひつ）な空気が流れているように感じました。

「この瞬間、世界で一番恵まれている」と思いながら、腰回りとお腹周りを外していきました。

他の部分は難しそうに見えたので、先生を呼んで、外していただきました。

神尾　幸せな時間でしたね。

保江　はい。本当に、なんというか、縄を解く間にそのような清い気持ちでいられたということが、後でものすごく効いてくるのです。

そのときは、まだ自分でもよくわかっておらず、ものすごい経験をしたと思うだけでした。

結局、全部解いてもらった後、先生は次の仕事があるとのことで、先に出て行かれました。教え子は余韻が残っているのか、白装束姿のままボーッとしていました。傍目（はため）から見ると、なんだか怪しい状況だったことでしょう。

しかも、先ほどまで際どいこともしています。

でも、本人には僕に対しての絶対の安心感がありますし、僕のほうも、セクシャルな感覚は生じておらず、非常に高尚で、本質的な体験をさせてもらえたという満足感に浸っていました。

そのまま、しばらく話をしていました。

今回、アイマスクをすることになって、本人も、前回より恐怖があるのではないかと想像していたそうなのですが、まったく恐怖はなかったといいます。
それればかりか、縛られてからは自分というものが体から出て漂い、上から見ていたのだそうです。

神尾　霊視体験と同じですね。

保江　本人は午後には予定が入っていて、昼過ぎには出なくてはいけないといっていたのに、途中も急ぐ様子はまったくありませんでした。加藤先生も帰られてからふと時計を見て、「もうこんな時間が経っていたんだ」と思ったそうです。時間が経った感覚がぜんぜんなかったという。

教え子の骨格のさまざまなズレについて、加藤先生は、
「本当はもっとエネルギーを上昇できる人なのに、目の前の人や周囲に合わせてそれを抑え込む生き方をしているので、自分でも気づかないレベルでものすごい不満を抱えている。それを爆発させられたらいいのですが、きっちりと考える人なのでそれもできない。解放さ

れたいという気持ちやうっぷんが溜まっているようですね。それが体にも影響している」と説明してくださいました。

僕も実は、彼女に対してそんな印象を持っていたので、「やっぱり、この先生はすごいな」と思いました。よく見抜いてくれたなと。そして、

「この緊縛を機に、解放できたらいいね」といってくださっていたのです。

指先は愛情を伝える繊細なパーツ

保江　翌日、本人から連絡があり、

「今朝からものすごい偏頭痛が出て、頭の中がカンカンと組み立て直されているのではないかと思うくらいでした。たぶんこれも、緊縛の影響だと思います」と教えてくれました。

そして次の日、つまり今日、また連絡がきて、

「頭痛は完全に取れました。今度は何かモヤモヤとして、怒りでも恐れでもないのですが、いろんなものがずっと留まっているんです。これも、加藤先生がご指摘くださった、本来もっ

と上昇できる可能性があるのに、抑え込んでいる、不満を溜め込んでいるということなんですね。緊縛のおかげでそれに気づいて、これをきっかけに一挙に爆発させてしまえば、すべてが解放されるような気がします」といってきました。

そして、

「どうやったら解放できるか、ご存知ありませんか」というので、ちょうどいい機会があることを彼女に伝えました。

少し前に、僕と『愛が寄り添う宇宙の統合理論　これからの人生が輝く！　9つの囚われからの解放』（明窓出版）という共著を出版してくれた、京都でネイルサロンを経営されている川崎愛さんという女性がいます。彼女は、エニアグラムという、人間を囚われから解放させるための技術を習得した人なのですが、セミナーをするために上京し、その滞在の間に、教え子と会ってくれることになりました。

そこで、彼女のメソッドで、「あなたはどういう性質を持っていて、自身を解放するにはどうしたらいいのか」ということを、きちんと教えてもらうようにアドバイスをしたのです。

「愛さんとのセッションですべてのうっぷんを爆発的に晴らして、本来の自分に戻るといいよ」と。

これで、彼女の解放はほぼ完成したようです。

きっかけとしては緊縛でしたが、ただ縛るということではなくて、加藤先生だったからこそできることで、単なるSMやアートだけでやっている人じゃダメなんですね。

やはり、体のことを知り尽くした先生に頼まないと。

神尾　SMやアートが悪いわけではないのですが、縛ったところで完結してしまうと、縛られた人ではなく、縛った人の感覚が戻ってしまうのです。

保江先生は武道をされているのでご存知かと思うのですが、常に相手との距離感を最後まで変えないということがありますね。これは、間合いの感覚として「起こり」の瞬間を相手に気づかれてしまうと、技がかけられないからです。

それと同じで、自分の体が動いたり心が揺れた感覚が起きた瞬間、それを相手に気づかれてしまうと、せっかく解放されて上と繋がりかけていた感覚を途切れさせてしまうのです。

それが他の緊縛師と加藤先生との違いで、その人が変わっていくのを寄り添って見届けてくださるのです。そこまでしていただけるのが、加藤先生だけということです。それは、武道などの精神性にも繋がっていると思います。自分の中心と相手との距離感がわかっていないと、そうはいかないでしょう。

保江　まさにそうです。

神尾　そして、保江先生が縄を解いて、肌に触れたというお話をされていましたが、実は触るというのはとても意味があることなのです。

まず、弟子でも、縛られている人を触ることはなかなかありません。先生とその方が作り上げているエネルギー体としての世界を、邪魔してはダメなのです。

例えば、手のひらと手の甲だと、センサーとして絶対的に手のひらのほうが情報を拾ってしまうので、邪(よこしま)な気持ちを持って触ると、触れられた方にすぐに伝わり、緊張し始めてしまいます。

そうならないように、手の甲を当てるのがいいのですが、保江先生は手のひらを当てて、逆にエネルギー体を補完されたんですよ。だから、３人が一体になっていました。
邪な意識が出やすい人には、そうしたことはできません。弟子や助手でさえ、手のひらで触ることはなかなかさせてもらえないんです。

保江先生がスッとできたというのが、まずお話を聞いていて驚きでした。解くときというのはすごく繊細さが必要で、バナナのような結び目を解くために指先がお腹に当たったり、指先が縛られている方のほうに向けられていると、その方の気分が冷めてしまいます。
それなのに、しらけさせることなく、ちゃんと状態を維持しながら集中してスーッと縄をほどかれたので、それで彼女も、安心したままの状態だったのでしょう。

保江　はい。警戒する様子もなく、リラックスしたままの状態でした。

神尾　それが、保江先生のすごいところです。

保江　その紐を解く前に、縛られている足の、露出していた指先を先生が指差して、解き方も空間で見せてくれて、「わかりますか」と僕にいいました。「本当は女性って、足の指が一番敏感なのです」とも。

神尾　そうなんです。

保江　先生はちょっと足先を指で触って、「こんなふうですよ」と身振りでやってみせてくださったりもしました。でも、足先の縛り方は複雑そうに見えたので、先生にパスしたのです。

今、気がつきましたが、解いている間に足を触ってあげたほうがよかったんですね。

神尾　はい、触ってあげたほうがいいんです。例えば、お母さんが、赤ちゃんの足を愛おしむように触ってあげると、赤ちゃんも、「本当に愛されている」という満足感に浸れるのですよ。

保江　しまったなぁ。次の機会があれば、チャレンジしてみます。

神尾　指先は体の末端ですよね。手の指は割と触れる機会はありますが、足の指なんか普通、触らないでしょう。そこを大事に大事に触ってもらうと、とても愛を実感できるのです。

赤ちゃんでしたら、「可愛い」とお母さんが触ることもありますが、成人は普通はしませんから、本当に愛されている心地になるのです。

それと、保江先生はあのとき、何をどうすればこうなる……、というふうに左脳で考えてしまわれました。

考えることなく、ひたすらご奉仕の精神でやってさしあげると、その気持ちは伝わります。

例えば、マッサージや美容院でもそうですが、体に触れられますよね。施術者が余計なことを考えていたりすると、受け手側にすぐに伝わります。

なんだかほったらかしにされているようで、気持ちが冷めてしまいます。他の人とやり取りしながらだと、自分が忘れられているような気になります。

指先は、あれの極致ですよ。

保江　なるほど。指先は、愛情が伝わる繊細な機能を持っているのですね。わかりました。

それと、バナナみたいな結び目は、いつも作るのですか？

神尾 その方の状態に合わせて、たまたまそこに麻のエネルギーを集中させるとよかったということですね。形が卑猥さを感じさせたとしても、それを狙っているわけではなく、そこのエネルギーを上げるということです。きっと、そのときは子宮がエネルギーを必要としていて、そこに集めたのだと思います。

保江 なるほど、そういうことか。その日のその人の状態によってということですね。

愛おしゅうて愛おしゅうて、かわゆうてかわゆうて

神尾 あと、麻の縄というのは、同じ方向に捻っていますね。あの捻じり方自体も、実は女性のエネルギーを上げる作用があるのだそうです。

縄文時代も女性中心の文化だったこともあって、おそらくその効果をわかっていて女性の

エネルギーを上げるために、麻縄を使っていたのだと思います。

男性でも縛られると上がるのですが、女性は生命エネルギー自体が子宮辺りから出るので、子宮が動くというのは生命エネルギーが上がるということです。だから、すごく大事なのです。

男性も縛られたら、同じように中にエネルギーが溜まるのがわかるのですが、女性のほうが、縛られるという行為や縄との相性が、よりいいのだと思います。

保江　いろいろとあるんですね。

縄を解いた経験については、僕は世界で一番幸せな男だな、と思って終わったとお話ししたでしょう？

当日、終わってからの話に戻すと、教え子を送って部屋に戻ってきて、今度はどんな変化が僕に訪れるだろうかとワクワクしていました。

でも、ピンとくるような変化はその日のうちにはなかったのですが、次の日、朝起きて、「なんだこれは」と、驚くようなことがあったのです。

1回目のときは、緊縛された教え子との距離がゼロになって、常に重なって存在しているような感じでした。その影響で、周囲と僕の世界に空間というものがなくなってしまって、その教え子のみならず、他の人との距離がうんと近くなっていました。

2回目は、股間の縄を解かせていただいたのが、とても大きな経験になりました。触れたときに、警戒もせず無防備でリラックス状態のままでいてくれたその子に対する、ゼロ距離を超えたような距離感を覚えたのです。そのときにふっと出てきたのが、「愛おしゅうて愛おしゅうて、かわゆうてかわゆうて」という文言でした。

もしかすると、お母さんが初めて自分の赤ん坊を抱いたときには、こういう気持ちになるのかもしれないと感じました。

とにかく、愛おしくて、可愛くてしょうがない……そういう気持ちが湧いてきたのです。

僕は男ですから、当然出産の経験はありません。その上、何人もの霊能者からいわれたのですが、過去世においてもずっと男で一度も女性になったことがない。だから、女心がわからないということでした。

　では、なぜこのように、「愛おしゅうて愛おしゅうて、かわゆうてかわゆうて」と感じたのか、きっと次のようなことからかと思います。

緊縛でたどり着いた禅の極致

保江　僕は、日本人で初めてノーベル賞を受賞した理論物理学者・湯川秀樹先生の最後の弟子なのですが、先輩に、京都大学大学院で湯川先生に師事した後に、若くしてお坊様になられた方がいます。物理学者を辞めてから、仏門に入られたのですね。

　禅のお坊様なのですが、村上光照（こうしょう）先生といって禅の世界では割と有名な方だそうです。

　大きな禅宗のお寺にいらっしゃるわけではなく、荒屋のようなところを探して、自分で改築しながら一人で瞑想されています。

　湯川先生門下の物理学者からお坊さんへの転身、という稀有な人生を送っていらっしゃることから、その生き様を描いたドキュメンタリー映画が作られて、試写を観てくれと頼まれたことがありました。

村上先生は、数年前に亡くなられたそうですが、晩年は、雨が降ってそのへんに小さいカエルがいても、どんな存在であっても、すべてのものに対して、「愛おしゅうて愛おしゅうて、かわゆうてかわゆうて」と感じられていたようです。関西の方なので関西弁なのですね。20年間、服役して出所したヤクザの親分が訪ねてきても、「愛おしゅうて愛おしゅうて、かわゆうてかわゆうて」と。

それで、ヤクザの親分が弟子にしてもらって、村上先生のお世話をし始めるのです。試写を観た後、そのレビューを書いてほしいと、監督さんに頼まれました。

「僕でいいんでしょうか」というと、

「湯川門下で物理学を目指した方に、ぜひお願いしたいのです」ということでしたので、

「この映画は、偉大なる先輩・村上光照師が生き抜いた『禅定』の世界での、さりげないめぐみに人みな憩える日々を静かに、どこまでも静かに描いていく。

師の肉声は、観る人の心の奥に大きな力を湧き出させてくれるかのようだ」と書きました。

「愛おしゅうて愛おしゅうて、かわゆうてかわゆうて」のフレーズがずっと頭に残ってい

たので、そこにスポットライトを当てて考えたものです。

それが次の朝に思い出されて、

「僕の今の状態は、あの禅のお坊様がたどり着いた境地と同じなんだ」となぜか思えたのです。

今回、縄を解くという経験をさせていただいたおかげさまか、ついに禅のお坊様がひたすら修行を積んで、人生が終わる前にたどり着くことができた境地に、即座に行けたのだと。

神尾　やったー！

保江　その映画は、『DAIJOBU』（監督　木村衛）というタイトルです。パンフレットもここにありますが、ヤクザの親分ご本人も映画に出ています。関わっているのは一流の方々ですね。エンディングテーマ曲は細野晴臣さんだし、ナレーションは窪塚洋介さんと、有名どころです。

神尾　レビューが7件ありますが、保江先生がトリという順番ですね。さすが。

保江　そのヤクザの親分は大阪の武闘派で、その彼がかしずいて仕えているのです。

キャッチコピーにはこうありますね。

「絶望の淵から這い上がり『大丈夫』になるために奮闘する一人の極道と、仏の命をただ一筋に生きる老師との、生死を巡る赤裸々な精神の記録――」

この映画は、お声がけをいただいたから試写に行きましたが、普通なら絶対に観ない映画です。

これも神仕組みで、僕にインスピレーションを与えてくれるために観させられたのだろうという気がしています。

真実の緊縛は、上と繋がるための技法

保江　たぶん、加藤先生ご自身は、常に禅の境地のような世界にお住まいになっていると思うのです。

長年、瞑想をしたり、禅の修行をしたりするよりも、緊縛をしたほうがいいのでは、と思い始めています。

2回目の緊縛の日には、午後3時から、僕が大東流合気武術の佐川道場にいたときの先輩と、技術的な交流をしようと約束していて、二人の先輩がこの事務所にきてくれました。

もちろん、緊縛の痕跡がないように片付けておきましたし、現場を見たとはいっていなかったのですが、つい、

「緊縛の先生に会ったのだけど、その先生は大東流もやっていて、すごいんだよ」と話したのです。

すると、一人の先輩が、

「緊縛といえばねえ」といい出しました。

実は彼は若い頃から、ＳＭ的なものを中心に、現場も見ていたそうなのです。もともと彼は漫画家の助手をしていて、取材などもしていたので、余計に新宿のアングラの世界などをよく知っているのです。

伊藤晴雨（せいう）という著名な日本画家のエピソードも教えてくれました。

この人は、妊娠中だった二番目の奥さんを緊縛して雪の中に転がした状態を、絵に描いたそうです。「責め絵」として知られているとのことでした。

神尾　聞いたことがあります。

保江　緊縛師頼みではなく、自身で奥さんを縛っていたという。

死後もたくさんの本が出版されていますし、やはり、ある境地に立っていた方なのではないでしょうか。

前回は、たまたま日本に来たスイス人から話を聞き、今回も大東流の武術の交流に来てくれた先輩が、たくさんの話を教えてくれた……。

これは、真実の緊縛を世に出す時期に来たんだな、神様がこういう流れを作ってくれたんだと思いました。

芸能人や政治家の有名人も、緊縛好きは多いということでした。それから、社長、会長といった富裕層です。真面目そうな人ほど、実はそんな方面に行っているんだそうです。趣味が行き過ぎて、死んでしまった人もいるとか。

神尾　そういう事故も聞きますね。

保江　はい。ただ、日本の警察機構はそういう事情を隠してくれるので、公には知られていないようですが。なぜなら、警察官も、その趣味の人がたくさんいるからだと。

諸刃の剣ですね。本来なら、「愛おしゅうて愛おしゅうて、かわゆうてかわゆうて」という禅僧の境地にまで一瞬で持っていってくれる術であるのに、そこまで行ける人というのはほとんどいません。たいがい、さまざまな欲のほうに流れてしまうのです。

先輩に話を聞いた後、禅僧の悟りの境地に行ける人と、欲まみれな方向に行ってしまう人とは、どこで差が出るのかと考えてみました。

そして、僕もなんだかモヤモヤした気分のとき、毎日のように通っている白金のカフェに行くと、落ち着いてきて、リラックスできることを思い出したのです。そこのスタッフさんたちはいつも明るく働いていて、その純粋な若者の清々しい生き様の中に入れば、通常モードに戻してもらえるのです。

日頃のそうした生活すべてが反映して、神様のサポートが得られているという表現をしてもいいのかもしれません。

それも、先輩と直後に会ったからわかったのです。


現在、一般的に緊縛という響きは、禁断のもの、大声でいえないようなものという印象があります。しかし、僕自身の2回の経験からいうと、ものすごく深いもの、日本文化のかなり奥、秘奥といえるところにあるものだと思ったのです。

これをいつまでも、SM、アブノーマル、アンダーグラウンド、そういうところにとどめておくべきではないと断言できます。

大切なことなので繰り返しいいますが、禅僧の悟りの境地にまで一瞬で持ち上げてくれるものなのです。

　本来の人間の本質を見出し、極める、よりすごいところに到達するための技法としてお勧めしたいですね。

精神体を肉体の中心に重ねて一体化する

神尾　保江先生の空間合気の体の動かし方を拝見したとき、本当に軽々と空間を切り取っておられました。

　左腕を大きく内側に向かって回し、掴まれている右腕は肘を締めて外に回されています。

　保江先生は空間の使い手でいらっしゃるので、左腕で空間を切り取って優しく相手を転がしておられます。先生のように、天から降りてくるメッセージをそのまま受け取れる素直な脳の使い方をされる方には、この技の再現ができるだろうと思います。

　脳というか、意識で空間を操っておられるので、体の動かし方は必ずしも同じでなくてもいいのですが、同じように左腕を大きく回して右腕を相手に掴ませてという動きは、骨格を一体化させて中に生まれたエネルギーを使って相手を崩すということもできる形だなと思いました。

骨格とか体を一体化というと、静止状態をイメージされると思いますが、ただ直立しているように見えても一体化している人もいますし、何かを触ろうと動いた瞬間に体が一体化する場合もあります。お子さんを抱き上げた瞬間に、ご自身とお子さんが一体化することもあります。

体が一体化すると、エネルギーが球体のようになるといいますか、体のどこか一ヶ所に負担をかけることがない、楽な状態になり、体を痛めにくくなります。

実は今、左腕を回して右腕を小さく肘から回してというのをやってお見せしていたので、一体化した体になってきました。

全部が繋がっていると、体の中のエネルギーが回って、体が動いちゃうんですね。骨格の一体化ができれば、両手を同じような形に動かしただけでもそうなりますし、先生がされていたように、左から腕を持っていって大きく回して、右腕は小さく回すと、このときに体の中で左から右に回るエネルギーが、すごく出るんです。

それを保江先生は、空間を切り取りながらされているんですよ。空間のエネルギーだけだと柔らかいのですが、同時に中で作ったエネルギーをバーンと放っておられるので、すごいなと思って。

保江　僕はわからずにやっているのですが。

神尾　私だけでは分析できませんが、加藤先生に教えていただいているのでわかるのです。

保江　そういうことね。

神尾　今、ちょっとこうして体を一体化させる動きをしただけで、私の体がホカホカなんですよ。保江先生のまねをして左手を回して、右腕を掴まれているのを返す動きですね。筋肉を使って返すと、飛ばないんです。相手も筋肉を使って力でやってしまうので。保江先生は、相手に力を入れさせない状態で、パーンと飛ばしますよね。

この間、加藤先生の勉強会で、トンボを採るときみたいに指を回す動きをさせていただいて、

「この指の動きで体を動かすことはできますか？」と質問したんです。すると、「本当は、身体操作はあまりよくないんだけど」と前置きをされて、指の動きを診てくださったんです。

そして、先生が指から全身が繋がるように体を動かしてくださると、私の指の靭帯のところに先生と共振しているエネルギーがガンガン溜まって、ぴっと指を弾いただけで、先生が吹っ飛んじゃったんです。

そのくらい、私の中にエネルギーが蓄積されていたのです。

なぜ吹っ飛んだかというと、先生は私の指に触れながらご自身の中の一体化したエネルギーも使って、指を一生懸命動かしてくださっていたのですが、私が我に返ったときに、自分の中心をパンと作ってしまって……、そうすると先生は、私の指までご自身を出しておられたから、私に負けて動いちゃったのです。

保江　実体があるほうが勝ったということですか？

神尾 この場合の加藤先生は違いますが、相手をやってやろうと思って意識が外に出ていると、中心をとっているほうに負けてしまうということです。

自分の中に、自分の精神体と肉体がちゃんと重なる……、つまり、自分の中心に戻ったときがエネルギーが一番強く、エネルギーがバンと張るんですよ。そのときに、エネルギーが外に出ていたほうは吹っ飛んじゃったということです。

体の大きさや強さは関係なく、細い人でも小さい人でも、大きい人をぶん投げちゃうくらいのエネルギーです。

体型だけでいうと、大きい人よりも細い人のほうが、同じことをやってもより吹っ飛ばせるんです。条件付けとしては難しいですが、細い人と、筋肉をガチガチにつけている大きな人だったら、大きい人より細い人のほうが勝つというシーンばかりを見ています。

もちろん、すごい武道の達人の大きな人と一般の細い人だったらわかりませんが。

保江 そうそう。それに、ある程度、歳がいっている人のほうが強い。

神尾　そうなんです。やはり、達人になるまでの積み重ねがすごいといいますか。靭帯も筋肉も、歳をとってくると固くなってくるじゃないですか。そうすると、バネの力が強くなるんですよ。だから、若い人よりもすごくなります。

靭帯自体は、武道、古武道の武術の型などを鍛錬していたりすると、強くなるというかしっかりするんですが、それを筋肉でやっている人だと強くなりません。

保江　そうですね。

たぶん、普通の人は、自分の体は筋肉だけで動いていると誤解している。腕を動かすとき、例えば、腕を左右や上下に移動させるだけなら、確かに筋肉のみで動いているのです。

ところが、相手に力を及ぼす……、相手を押そう、倒そうとするときにも、同じ筋肉を動かしていると誤解しています。

本当は、そのときだけは筋肉ではないと僕は思っているのです。

神尾　そう、違うんです。

保江　靭帯を通してじゃないと、他の物体には影響を与えられません。
筋肉で動かしているという先入観があるからつい、相手を空間で移動させるのに筋肉だけでやるから効かないのです。

神尾　はい、そうなんです。

保江　これは、武術の秘伝中の秘伝なんですよ。

神尾　その秘伝を保江先生は操っておられるのです。空間までも使われている……、普通、空間まではいかないし、1個か2個そうした技術があれば、それだけで武道ではすごい達人になれると思います。

パート5　武道を極める靭帯の使い方

武道を極め、愛の境地に至る近道

保江　1度目の緊縛体験でも、靭帯が大事だということがわかりました。

1度目の体験で、相手との距離がなくなりました。武道の奥義を身につけるために、最も近道なのは緊縛です。必ずしも、自分が縛られる必要もないですし。

自分が大事に思う相手を縛ってもらうのを見守っているだけで、ある境地まで達することができる。

あるいは、合気道の創始者である植芝盛平先生のように「合気は愛じゃ」という境地に至るのも、2度目の緊縛体験で、僕が「愛おしゅうて愛おしゅうて、かわゆうてかわゆうて」という境地に立てたことでわかります。

まさしく、愛でしょう？　その状態に行けるんです。

修行をコツコツ積み上げるのも大事ですが、この緊縛をするとしないとでは大違い。やっていなければ効果も限定的で、単なるスポーツの延長的なものに終始してしまう可能性が大です。

神尾　そうなんですよ。ただ、緊縛とか、正座をして座禅をするといったような、要は骨格を動かさないことで、エネルギーが作られて上がっていくのはそのとおりです。

でも、充実と解放といって、座禅でもヨガのポーズでもかまいませんが、ずっとその体勢でいることで充実する、つまりエネルギーが溜まるのですが、そのままでは解放ができない。達磨大師のように、足や手が萎えてなくなってしまいます。

それは、生きている人間としてはダメですよね。

保江　それはおかしいですね。本当にダメです。

神尾　そこで、もっとそこを意識して、緊縛やヨガでただ固める状態から、次の解放の状態まで持っていく、肉体まで解放させるのに、加藤先生は靭トレ理論を探究されています。

靭トレとは、もともとの体の有りようをそのまま観ることといいますか……。その人その人で生きてきた歴史が違いますし、持っているポテンシャルも違うのですが、人は、命を守るために心も体も正しく調整できる機能を備えています。

調整して、そこに溜まったエネルギーを解放する動きを引き出すことを探究したものを、靭トレという名前で呼んでいるのです。

皆さん、もともと持っている本質的なものという話になるとスピリチュアル系に話が行きがちですが、実はその手前で、まずは肉体をちゃんとしなくてはいけないという……、肉体を改善していくメソッドが靭トレなのです。

「こういうふうにしたら肉体がスピリットとうまく繋がるよ」というところや、「こうしたらよりうまくエネルギーが作れるよ」という目的のトレーニングですね。


緊縛自体はすごく効果的なのですが、普通は自分ではできないので、やってもらう必要がありますす。ただ、やってもらわなくても、自分でそのエネルギーが作れるようにトレーニングすることができるのです。

それは、武道のお稽古でもできるんです。でも、そのお稽古が単なる型になってしまっていることが多い。体の連動性や、一体化するというところ、要はエネルギーがどう通っていって、エネルギーがどう膨らむかというところに注目せずに、「この型を覚えましょう」という修行になってしまっているように思います。

例えば、私は武道をやっていないので、加藤先生に教わったことのある形で説明しますね。足を腰幅に開いて、爪先を少し内側に寄せた逆ハの字立ちで、足先を体の中心に寄せてから開いてというふうに螺旋的に動かすと（運足）、股関節のところが捻じれて水平でなくなります。

この状態では、足は安定せず股関節の形状どおりに回っていくのです。これは私の我流ですけれども、武道では型になっているようです。

保江　今のは、空手のサンチンの型です。

神尾　骨盤と股関節が回ったことでできたエネルギーが、お腹の辺りに溜まっていきます。今私は2回やって、だいぶいい感じにエネルギーが溜まっています。けれども、この溜まったものをそのままにしているだけでは、他のパーツに繋がっていないんです。全部に繋がっていくように体を使う。それを体系化というか、こういうふうにするといいですよ、ということをお伝えするのが鞆トレです。

もともと、盆踊りや日本舞踊のあの柔らかい動きは、手を返すだけで体が動くくらいに、正しくやれればいいんですが、ただ単に関節だけ動かして筋肉でやったら、体が上手に動かないんです。

これでは、エネルギーは出てきません。

エネルギーを作るにはどうしたらいいかといいますと、普段の所作を綺麗にするというようなことなのです。これが一番大事で、そういうルーティンができ上がってみんながやっていれば、相乗効果もあってみんなのエネルギーが高まるんですね。

そういうことをお伝えしたり、具体的なトレーニング方法を創ったりしています。

靭帯の重要性

神尾　話を戻すと、緊縛をすることが頂点ではなく、そこから先に、もっと体を解放するための動きがあるんです。

座禅を組んだ状態のときに、武術の達人がその体に触れると、それだけで達人がバーンと飛んじゃうくらいエネルギーを生み出せるお坊さんがいたそうです。

それがあまりにもすごいので、「どうぞ道場にきて教えてください」といって道場にお連れしたら、素人さんと同じだったという話があります。

その人は、座禅の形でないとエネルギーが作れなかったのです。

保江　よくある話です。

神尾　その形でしか作れないとすると、達磨大師と同じで手足が萎えてしまうから、いろんな形で作れるようにするのが大事なのですね。

保江　僕も、この対談をとおして気づいたことがあります。

僕自身が大東流の佐川幸義先生のところで、

「合気の本質はなんでしょうか」とうかがったときのお返事が、

「骨のすぐそばの筋肉の動きだよ」だったこともあるし、

「皮膚のすぐ下を使うんだ」とおっしゃっていたこともありました。

けれども、どちらについてもよくわかっていなかったのです。


その後、佐川先生の昔のお弟子さんで、佐川先生が段位も差し上げた堀部正史（ほりべせいし）さんが、「喧嘩芸骨法」を興したのです。

佐川先生に合気を習った後に、自分の流派を興す際、わざわざ「骨法」と名付けたのは、やはり堀部さんは賢かったと思います。

「骨のすぐそばの筋肉」といわれた僕としては、ずっと骨を気にしていました。

これまで、「人間は体を動かすときには、骨を使う」と思っていたのですが、骨は自分で力を出せる物質ではありません。単なるカルシウムの塊なのに、それによって力を出せるというのはどういうことかなと思っていたのです。

けれども、加藤先生の緊縛や神尾さんの靭トレを知るにつれて、靭帯が一番重要だということに気づかせていただきました。

「ああ、靭帯とは、骨と筋肉を繋いでいる部位か」と思って、自分なりに武術における体の動かし方を習得できたように思います。僕自身、最近は歳のせいか特に筋肉が落ちていたのですが、靭帯を意識するようになってシャンとしてきました。

エネルギーは靭帯で作られている!

保江　一番、気づきが促されたのは、運転のときのことです。

車の運転は右脳モードになれるから、僕はとても好きなんですね。

僕が東京で乗っている車は、もう40年前くらいに製造されたミニクーパーというイギリス車です。

パワーステアリングではないので、ハンドルが重く、それで1日10時間ほど運転することもあるのですが、翌日からしばらく、腕が痛みます。

でも、今よく思い出してみると、関節の近く、肘の辺りが痛いだけで、筋肉は全然痛くないのです。運転した後はいつもそうなのですが、関節以外の筋肉は痛くない。

考えてみると、どうも靭帯を使って運転しているようです。


つまり、右脳モードになったときの体の動かし方は、靭帯をメインとしているのですね。

だからダンスでも、トランス状態になっている場合は、右脳で靭帯を動かしているから流れるように綺麗で、見ている人も感動するのだと思います。

そんな理屈を、この前から頭の中で組み立てていたのです。


それで、道場でもみんなにやってみせたのですが、右手の指で何か叩くとしますよね（実際にテーブルを叩く）。まあ、この程度です。

ところが、左手で右手の指をいったん反らせて、一気に左手を外すと……（実際にテーブルを叩く）、ほら、バネが利いたように強く叩けるでしょう。

これについては、それこそ「バネの作用」とか、「限界以上に反らしたときに戻る力の作用」

と捉えるとわかりやすいのですが、では何が指をそうさせているのかというと、みんな、それは筋肉だと思っていますよね。ところが、筋肉は縮むしかないんです。

神尾　そうなんです。

保江　この、伸びて弾くような作用は、筋肉では生まれません。靭が作用しているのです。

そうした作用を起こす機能は、人間にはもともと備わっているると、大東流の交流会で僕の事務所に来てくれていた二人の先輩に伝えました。

二天一流の秘伝というものがありまして、流祖の宮本武蔵の構えでは、必ず左手に小刀、右手に長刀をクロスするように持っています。

昔の子供たちは、チャンバラごっこをよくやっていましたが、子供でもクロスした交点で相手の刀を受けるような動作をしていました。映画でも、だいたいそんなふうに受けておいてから、切るようなシーンがあったり。

二刀流は、当然、両手に一本ずつ刀を持ちます。通常の剣術を使っている相手は両手で一本を持ちますから、力が集中して他の刀に当たったときの衝撃が大きい。

だから、二刀流は実は不利なんです。

右手に持った長刀を、左手で持った小刀で止めている。靭帯を繋いで、バネのようにして相手の刀を止めたときに、パンと押し返したら、人体の反バネ力で長刀が飛んでいくわけです。このパンという力は、筋肉だけでは発現しません。靭帯を使って初めてできることです。

おかげさまで、このことに気がつきました。

大東流では二刀剣といいますが、大東流の秘術は、実はこの二刀剣の練習をまずすることから習得に至ります。その後に、体術の修行なのです。

神尾　それはすごいです。刀がもう一本あるというのは、関節がもう一個繋がっているのと同じことです。

右と左で刀の長さが違うということは、バランスが変わりますよね。そうすると、大きい動きと小さい動きが相まって、体の中でエネルギーが作られるのです。

体の左右に違うバランスが生じていることで、発揮できる強さが出てきます。

ウサイン・ボルトという足の速いランナーがいますが、あの方は脊椎側弯症なんですよ。側弯で、骨盤が水平ではないために、股関節の左右の滑車の大きさが違うという状態になっているのです。片方が大きくて片方が小さいと、少しの力で大きな動力が出るということです。

ＮＨＫで特集したときは単に、側弯だからトレーニングで筋肉をつけて強化したといっていましたが。

保江　普通の考えはそうですね、筋肉強化で補うと。

神尾　本当は、滑車の大きさが違うことで、大きなパワーが出る……それでウサイン・ボルトはすごく速かったということらしいのです。

それと同じで、長さが違う二刀を使うことによって、一刀を使っている人よりも強くなるんだと思います。

保江　それに、一刀でやっている人は、筋力で振ったり止めたりするしかないのです。二刀でやればバネになるから、すごい力になるわけです。

そういうふうに、人間の体はできているのです。筋肉よりも、靭帯のバネ力を使ったほうが遥かに効率がよく、長時間使うことができますから、いいことだらけです。

でも、通常はなかなかそこに気づくことができないですよね。

今の体育とか、スポーツ科学の延長では無理です。武術といっても、大事なところはもう失伝しているからやはり無理なんです。

気づかせるための唯一の方法が、緊縛だと思います。

神尾　そのとおりです。

保江　緊縛のいいところは、ああして縛ることで骨の動きを止めてくれるでしょう。骨の動きを止められてもなお、動くもの、それが靭帯ではないでしょうか。それと魂、肉体ではない部分ですね。

縛られた教え子が、体外離脱して眺めていたように。

緊縛の効果は、二つあると思います。一つは、肉体から離れるという効果。

もう一つは、骨を動かせない状態に追い込まれても、人はエネルギーを発することができる……、そのエネルギーが鞆帯で作られているという、今まで知らなかった事実を知るのに、役に立つと思うのです。

神尾　ありがとうございます。

身体能力を飛躍的に向上させる鞆帯の使い方

保江　今後、神尾さんは、ご自身が武術や格闘技で修行をするといったことはいらないと思うのです。

ただ、名コーチ、名指導者として人を導いていくのがいいですね。

例えば、長嶋さんや王さんは、監督とかコーチとして非常に優秀だったという評価は得ていません。それとは逆に、選手としてはそれほどの活躍がなくても、監督としては優秀だという人もいるでしょう。

それと同じで、神尾さんは霊的なもの、超能力的なものもわかりますし、エネルギーも察知できます。かつ、今はほとんどの人が知らない靭帯の使い方を熟知していらっしゃるから、神尾さんの指導を受けたいという武術家、格闘家が本書を読んで学びたくなるようなレールを僕は敷きたいと思います。それだけの価値があるのです。

筑波大学の体育系の大学院などで、神尾さんがおっしゃる靭帯での体の使い方を博士論文にしてもらったら、世界中が変わりますよ。

実際、靭帯の上手な使い方を無意識でやっている人もいると思うのです。

神尾　はい、多いです。天才といわれる人は、ほぼそうです。

保江先生から嬉しいお言葉をいただき感謝に堪えませんが、私が学んで知ったことや体感して得たことは、すべて加藤先生から教えていただいたことです。プレイヤーとしても、コーチとしてもトレーナーとしても、加藤先生ほどの天才はおられないです。

ぜひそうした分野の第一線の方たちにも、加藤先生の靭トレ理論を知っていただきたいですね。

保江　パラリンピックでは、両足を切断した人がバネのような足をつけて走るでしょう。実際、五体満足の人より走りが速いんだから。その理屈の応用のようなものですね。

神尾　そうですよね。

保江　今、ふと思ったのですが、僕はときどき馬に乗っています。
　馬の脚は、細いじゃないですか。膝から下は、筋肉なんか一部にしかありません。それでも走りは速い。あれも、絶対に靭帯を使っているのですね。
　マラソン選手だって、みんな細い。マッチョで体が大きい人なんか走っていませんよね。

神尾　筋肉がたくさんついていたら、逆に走れないですから。

保江　自分たちは筋肉で走っていると思っていますが、実は靭帯で走っているということを、気づけないだけですね。

神尾　体って、絶対的に重力に逆らえないじゃないですか。だから、赤ちゃんが生まれてきたら最初に重力から影響を受けます。それは、地球にいたら必ず起こる現象です。

その後、筋肉が支えて立てる状態になるんですね。しかし、最初に骨格の周りで靭帯が発動していないと、肉の部分が骨格の形状どおりに潰れてしまいます。靭帯が発動することで、肉がパンと張って、起き上がることができます。

その状態になってからが、筋肉の作用なんですよ。靭帯で関節の形状どおりに立って、それをもっと強固に筋肉が支えるという流れになるのです。

保江　世の中には抗重力筋（＊地球の重力に対して姿勢を保持するために働く筋肉）があるから立ち上がれるという人もいるのですが、本当はそんなものがあるわけではないのです。

筋肉には使い道の種類があって、骨格を作っている筋肉や、骨格を動かすために使う違う筋肉がある、ということはありません。

だから、骨を動かすために使うのは、まず靭帯だといってしまったほうがいいでしょう。

神尾　筋肉しか教わっていないから、それしかないと思い込んでいるのですね。

保江　そうです。

神尾　その前に、体が動く仕組みが実はあるということですよね。

保江　スポーツ選手などがインナーマッスルが大切といっていますが、あれも、感覚としてわからないことはないです。けれども、イメージとして、骨に近いところの筋肉だろうと思っているんですね。

でも本当は、靭帯なのです。

先述もしましたが、運転のときに痛みや疲れを感じるのは、筋肉を使っているところなのですね。靭帯を使っているところには疲れは出ないのです。

神尾　保江先生は、運転がお上手なんです。普通は、運転は全般的に筋肉でやるから。

そうすると、体がどんどん緊張してきてパンパンに張ってしまう。

靭帯を使えていれば、体が部位ごとでなく一体化して、腕だけでなく体全体でハンドルを回してあげることになるんです。

保江 ハンドルを操るだけで、体が一体化しますね。

神尾 その小さい角度を全部の関節でちょっとずつ担当しているから、長時間やるといろんなところが痛くなるけれど、どこか1ヶ所がバーンと張るわけではありません。負担を分散させているのですね。

細かくいいますと、ハンドルを持つ指、手掌(しゅしょう)、手首、肘、肩、肩甲骨、首、肋骨、背骨というように、あらゆる骨たちの関節が少しずつ、自分の可動範囲の中のちょうど良い角度を担当するのです。そうすると、どこか1ヶ所だけに負担がきて疲れるような姿勢にならずにすみます。これが、体の一体化がなされていて、靭帯が誘発されやすい状態ということです。トランス状態にもなりやすいです。

保江 まさに、適切な説明をありがとうございます。

僕も20年くらい前に岡山で、初めて合気というものができるようになったときに、その体の感覚と車を運転しているときの感覚が似ていることに気がつきました。

神尾　同じですよね。

鞘帯を使うと脳が活性化する

保江　僕は車の運転が本当に好きで、最長で連続14時間運転したことがあります。休憩は必要ありません。運転している間は、リラックスできていますから。むしろ、どこかに停車して、外で何かをするほうが緊張しますね。

神尾　鞘帯を使っていると、カロリーを消費しないんです。筋肉を使うとそこにエネルギーが必要なので、食べた分のエネルギーが脳みそにいかなくなってしまう。一方、鞘帯はエネルギーが要らないので、脳みそが活性化するんですね。

保江　それで、右脳モードになっていると感じられるんだと思います。本当に、エネルギー、つまり食べ物もいらない。これは不思議ですよね。

食べて食べられないことはないけれど、お腹が空かないのです。その状態が長時間、保たれます。筋肉を使っていたら、すぐにへばってしまいますよ。

神尾　ちなみに、ボディビルダーのように筋肉をつけすぎると、栄養不足になってしまうんですよ。なぜなら、筋肉にエネルギーが行き過ぎて飢餓状態になってしまうからです。

保江　他の臓器などに、うまく栄養が行かなくなるんですね。

神尾　はい。そのくらい筋肉って大食漢なのです。

保江　僕の知り合いの空手の先生もそうでした。あまりにストイックに鍛えすぎて、それで逆に内臓がボロボロになってしまっていたそうです。栄養が内臓にまで行かないのでしょう。

靭帯で歩くのは疲れません。筋肉で歩いていないからですね。

神尾　地球の重力と骨格の動きがうまくバランスできるといいのですね。特に背骨の動きと、あと意識の使い方が上手になると、楽に歩けるようになるんです。

保江　そうそう。

神尾　意識を目的地にポインターのように出しておくと、体が勝手についていくんですね。普段、私たちが歩くときには、「夕食はなんにしようかしら」などと、いろんなところに意識を出してしまう。すると、それで消耗してしまうのです。本来、ポインターを出しておけば疲れずに行けるのに。

一番いいのは、目的地があったら意識はそこに持っていく。意識が自分の近くにあると重みになるんですよ。重いから、筋肉を使って足を出さないといけなくなっちゃうんです。目的地に持っていけば、楽に歩けます。保江先生がおっしゃっていた、空中歩行に近い状態でしょうか。

保江　僕も今気づきました。成瀬先生の空中歩行について。

神尾　一般人は空中歩行はできないでしょうが、そういう意識の使い方によって変わります。

保江　でも、そうした意識の延長で、絶対に空中歩行はできると思います。

緊縛は、本来の人間の能力を蘇らせてくれる、一番いい方法だと思うんです。

「神様への全託」──有名な武術家の極意

保江　神戸に、近藤孝洋先生という、すごい武術家がいらっしゃいます。専門は剣術なんですが、もちろん体術もやります。

無住心剣流という流派なのですが、漢字を読むと、「心に住んでいない」という。いい名前でしょう。

近藤先生は本もたくさん出していらっしゃって、武術では有名な方です。スキンヘッドで、見た目はかなりの強面なのですが、その先生が真剣を持って、三宮センター街辺りを歩いていると、ヤクザも逃げ出します。

僕は、先生に直接はお会いしたことがありませんが、ご著書を読むと、武術の奥義は神様に全託すること、それができていれば強いし、できていなければ弱いから負ける、それだけだとおっしゃっています。

例えば、真剣で斬り合うときに、自分の技術でやっていたら必ず負ける。

けれども、神様に全託して、「神様のなすがままに」という境地に至っていたら、たとえ相手が袈裟斬りにきても、神様によって相手の筋肉がグーッと曲げられて、太刀筋(たちすじ)が変わってこっちの体に当たらない。

あるいは、太刀筋を変えるところまでいかなかった場合には、神様がこの鋼(はがね)の真剣をそのときだけ曲げてくださって、絶対にかすりもしない……、こんなことを堂々と書かれているんです。

それを読んで、「この人、本物だな」と思いました。

でも、お弟子さんと稽古するときに、真剣を持って「斬り込むぞ」といったら、みんなビビって「やめてください」というそうです。

頭では理屈がわかっていても、実際に全託するのは難しいと、その先生も冗談っぽくおっしゃいます。

では、全託できない人間がどうすればいいのかということも、ちゃんと書いてあります。

３つのポイントがあって、まず、「人の体は３つある。肉の体（肉体）、気の体（メンタル体）、そしてアストラル体」だと。

先生はシュタイナーやスピリチュアルの用語をご存知で、「魂」の部分をアストラル体と呼んでいます。

肉体のみ動かしていても負ける。精神であるメンタル体だけでやっていても負ける。

どうしても勝たなきゃいけないときには、アストラル体、つまり魂を使わないといけない。けれども、それは普通には発動できない。

それを発動させる方法も、『極意の解明』（愛隆堂）などの本に書いてあるんです。

神尾　すごい、天才ですね。

保江　そのためには、まず肉体を完全停止させる。動かさないというのです。これはもはや、緊縛でしょう。

次に、メンタル体を完全停止。

つまり、動かそうという気持ちすら持ってはいけない。そうすれば、初めてアストラル体という魂が発動する。それでなければ勝てないと。

神尾　わかります。

保江　そういうことが、武道の極意として書かれているので、この先生はすごいと思っていました。

しかし、肉体はつい動いてしまいますから、完全停止といわれても、となりますね。

「どうしたら完全停止したことになるのかな。日頃、完全停止できることってなかなかないな」と思っていたら、緊縛に出会ったのです。

緊縛は、痛みもないのに肉体は動けません。これこそ、完全停止ですね。

次は、メンタル体の完全停止です。

江戸時代の罪人も、緊縛によって観念し、もう動こうとする気もなくしたと聞きましたから、この完全停止も、緊縛によって達成されますね。

つまり、緊縛をすれば、魂、つまりアストラル体が発動するのです。魂が出ていける。

神尾さんがくださったメールに、ご自身が10回以上も縛られている中で、自分は皮膚を超えて外に出て行けたという表現を見つけて、「ああ、これか」と思いました。

まさに、近藤先生がいみじくもおっしゃっている格闘技の奥義は、緊縛だったのだと。

武術、格闘技にも使えますし、禅の修行を積んだお坊様と同じ境地に立てます。

日本人の強さの秘密は和式トイレだった?

保江　さて、世界で麻の縄に最も親しんできたのは、おそらく日本人でしょう。縄文文化がそれを物語っています。

ですから、日本人の体は麻の縄によって最も良い反応がある人種だと思うのです。まず、日本人が世界中にお手本を示す意味で、緊縛というのを教育にリンクしていけないかと思います。

禁断の用語ですけれどね。子供を縛るなんて一見、虐待のようになりますから。

赤ん坊はおくるみで包んだら、安心して泣き止むということがありますが、物心ついている子供を縛るというのは、とんでもないＤＶ行為として、児童相談所が黙っていないかもしれません。

往年の名作、『巨人の星』（梶原一騎、川崎のぼる　講談社）という漫画に出てきた大リーグ養成ギプスがありましたが、あれも緊縛でしょう。

主人公の星飛雄馬は、あのギプスのおかげで鞠帯で投げられるようになったんじゃないでしょうか。

今、メジャーリーグで大活躍している大谷選手も、鞠帯をうまく使って投げていますよね。

神尾　たぶんそうでしょう。

保江　投げてよし、打ってよし、という二刀流は、筋肉でやっていたら疲労して保ちませんよ。緊縛は虐待という考えをいち早く変えてあげることができたら、子供を育てる現場でも使えます。緊縛を受けた子供は、とても伸びると思うのです。

神尾　そうですね、伸びます。

保江　最近、いわれているのが、日本人の相撲が弱くなったと。日本人の横綱が少なくなったのは、和式のトイレがなくなったからじゃないかという説があるのです。

今、ほとんどが洋式でしょう。しかし、和式のトイレで屈む姿勢は靭帯に繋がっているので、足腰が鍛えられるのです。

相撲が非常に強いモンゴルは、いまだに平原で和式スタイルで用を足しています。

神尾　加藤先生が、「白鵬は繋がっている」とおっしゃっていました。

保江　モンゴル相撲の人はみんなそうです。

和式スタイルのトイレのおかげで、モンゴル力士が一番強くなっているのだと思います。

僕は子供の頃、母親がいませんでしたし、周囲に馴染めない、学校に行っても先生とうまくいかない、友達ともうまくいかないということがありました。休み時間も友達の輪に入れないし、いるだけでいじめられたりしたので、トイレの個室に逃げていました。

当時は、和式でしょう。洋式だったら楽に腰掛けられるけれど、和式ではずっと、あの体勢をとらなくてはならなかったのです。

神尾　先生、すごいです。

保江　もしかして僕の人生、これが土台になっているのかもしれません。かかとをつけて、ずっとあの体勢。

神尾　なかなか安定しないですよね。後ろにひっくり返りそうですから。

保江　ところが、居眠りもできたのです。ふと気づいたら、日が暮れていたこともありました。足がしびれていることもなく、すぐにスッと立てたのです。

神尾　ええ？　それでスッと立てるのはすごいですよ。

保江　今まではすごいと思っていませんでした。聞いているうちに、これは靭帯を使っていたに違いないと思い至りまして。

神尾　しかも、正しくできていたんですよ。

和式トイレでの姿勢や、正座もそうなんですが、関節のちょうどいいところ、要は靭帯が発動するようなところに重心をかけていないと、そんなふうにスッとは立ち上がれません。

たいがい、重心が正しい位置にはなく、そうすると筋肉を使わざるを得なくなるので、パンパンに張ってきてしまったり。

保江　そうか、そうですね。

神尾　足の先まで、繋がらない状態になってしまうんですね。

何がどう繋がっていないかといいますと、体は本来、骨格の形状どおり折り畳まれるように動きます。ところが筋肉がリードして体を動かしますと、筋肉は強いのでこの骨格どおりの折り畳まれ方にならず、良くも悪くも形を無視した動かし方が出てきてしまうのです。つまり、末端まで正しく折り畳めないんです。

正しくない状態で体を動かすと、正しく折り畳まれていないので、足の先までは繋がらないという状態になります。もちろん靭帯は誘発されず、エネルギーは作られません。それで皆さん痛めてしまうのです。

例えば正座も、ただ真っ直ぐ膝をおろすと筋肉が張ります。

膝を開かないように、すぼめる感じで座る、要は和服を着た感じをイメージしていただければわかりやすいかなと思います。

これがきちんとできると、むずむずするくらい、下腹にエネルギーが溜まってきて、スッと立っても全然つらくありません。

日本人はもともと、これができていたんです。だけど、今はたいがい、正座というと膝をこぶし一個分くらい開いてしまい、もともとの骨格の形状を無視した姿勢になってしまっています。これでは足を痛めるし、腿がパンパンになってしまうんです。

保江　なるほどね。

神尾　ちなみに、靭帯を使って体のトレーニングをしていくと、今の時代だと、見た目的にはイマイチかもしれませんが、もともとの日本人の筒型の胴というか、くびれがあまりない状態になります。

これは、加藤先生がおっしゃったのではなく、武道の本に書いてあったのですが。

保江　なるほど。割と知られているのですが、僕は、女性の脚を美しく写真に撮ることをライフワークの一つとしています。

京都に行くと、ときどき、芸妓さんや舞妓さんとお話しをする機会があるのですね。

芸妓さん舞妓さんは、みんな着物なので脚が見えないのですが、僕の写真の趣味を知ると、

「私たちは、お作法とか踊りのお稽古とかでずっと正座をするような生活をしてるでしょう。だから、みんな脚が太いの。ミニスカートなんか恥ずかしくて着られないから、着物でちょうどいいの」なんて教えてくれたりします。

もう親しくなっていることもあって、この間の夏、みんなで浴衣で出かけたといって、全員で浴衣を膝上まで上げて仲間内で撮った写真を、僕にくれたのです。見ると、「あ、ほんとだ」と思うくらい、確かにしっかりした脚ばかりでした。

でも、それっていいことだと思うのです。脚や腰が豊かだからこそ靭帯が自然に繋がって、無駄のない体の使い方ができるのでしょう。

しっかりした脚だからといって、固いわけでもなく、アスリートのような筋肉質ではありません。ぽちゃっとしていて、柔軟な感じがします。

なんだか安心感があって、僕はとても綺麗だな、と思います。

靭帯トレーニングは学力低下に有効

保江　話を戻しますが、教育の現場についてです。

先日、子供の達成レベルについての世界的な調査を見ました。数学分野や読解などで、各国の言葉でサンプルを集めて、どの程度まで学力があるかを調べていたのです。

つい最近に発表があって、ヨーロッパの結果が、惨憺（さんたん）たるものでした。アメリカは前からひどいもので、ヨーロッパのほうがまだマシだったのが、もう、ヨーロッパもものすごくレベルが下がっていました。

高校生の半分以上が、引き算ができないようなレベルになっているんです。年々下がっていっています。

何が原因なのかという考察で、テレビのキャスターがいっていたのはスマートフォンです。授業中でもすぐにスマホでパパッと調べて、自分で考えなくても答えが出せてしまう。足し算引き算だって、スマホの計算機アプリでできてしまう。

日本も当然、下がってはいます。お隣の韓国も中国も、軒並み下がっている。

日本でも、スマホの影響がもちろん出ていますが、教育は押しつけ的でかっちりしているから、まだそれでも他国よりは下がり方は緩やかです。

でもこのままいくと、日本の教育はダメになり、外国はもっとダメになります。

そこで、たとえスマホを使わせていても、日本だけはなぜか、あるときから右肩上がりにレベルが上昇してきた、という現象を世界に見せつけたらいいのではないでしょうか。

それに有効なのが緊縛、そして鞆帯トレーニングですね。

昔の教育現場といえば、寺子屋などで正座して、書見台に本を置いて勉強していました。

先ほど、和式のトイレスタイルが鞆帯を強化するのに有効だという話をしましたが、今の日本で、トイレを和式に戻せというのはいまさら難しいでしょう。だから、簡単にできる、緊縛体操みたいなことをときどきやるといいのではないでしょうか。ラジオ体操のような、誰でもできるものになるといいですよね。

あるいは、和式トイレスタイルを10分間程度行うのもいいかもしれません。

とにかく、全身の靭帯が繋がって、連動しているとこんなに楽に動けるようになるということを実感していただきたい。

僕はスポーツが苦手だったから、できるだけ手を抜いてやっていたので筋肉がないけれども、靭帯はしっかりしている状態になりました。

昔からですが、筋肉がないから逆上がりができないのです。

でも、バレーボールだけは上手だったんです。靭帯を使っていたのでしょう。回転レシーブも得意でした。

神尾　きっと使っていましたね。

保江　バレーボールは他のスポーツに比べて、靭帯でやれば楽なんですね。

今思えばたぶん、子供の頃からトイレに逃げていたから、それがうまく影響したのでしょうね。

それに気づいたのは、神尾さんのおかげですよ。

神尾　ありがとうございます。

保江　それを今の子供たちに、なんとか伝えられたらなと思います。現在では、学校の先生が生徒に、「和式トイレスタイルを5分間続けろ」なんていったら、お母さん方からクレームが殺到するでしょう。

そういうことにならないように、本書をきっかけとして、靭帯トレーニング、靭トレが広まってほしいものですね。

緊縛というとニュアンス的にも難しいかもしれませんから、靭帯を医学用語とか英語で表すような何かキャッチーな名前をつけるのもよいかもしれません。

確か、解剖学用語で、ヴィンキュラム(vinculum)が靭帯のことです。だからヴィンキュラム・メカニクスとか。略してVM。外国の名前のほうが日本人は納得しやすいですから。VMメソッドとかね。

子供たちの未来を考えると、学力低下に歯止めをかけるには、これしかないと思います。

本当は、緊縛こそが最短の道と思っていますから、縄や布を使ったりとか、近いことをさせたいとは思うのですけれどもね。

神尾　そうですよね。

産道での締め付けは緊縛?!――アメリカの拒食症治療の方法とは?

保江　そして、ヴィンキュラムには絆という意味もあるようですから、他者との絆を深めやすくなる、という意味合いもある。親子の絆もありますしね。

お母さんと赤ちゃんとの絆、それを生むのは、医学的にはオキシトシンというホルモンだということです。出産時に大量に出るもので、別名で愛情ホルモンと呼ばれています。

陣痛もオキシトシンが関わっているそうで、お母さんと赤ちゃんは、産まれた瞬間から深い絆で結ばれる。

でも、ひょっとすると、誕生時に、狭い産道でギューッとなるというのは、緊縛じゃないでしょうか。

神尾　確かにそうですよ。

保江　しかも、難産のときなどは長時間かかるでしょう。狭いところからやっと出てきて、お母さんには「愛おしくて愛おしくて」という感情があふれます。
自分の赤ん坊が緊縛のように締め付けられているのを、感覚的に見守っていたわけです。自分で締めてはいましたが、頑張れ、頑張れと見守っていた。だから、深い愛情が出るのです。出産直後の赤ん坊なんてぐちゃぐちゃのへちゃむくれなのに、可愛くてたまらないという。

あるアメリカの大学では、過食症に陥った人を薬に頼らずに治すという研究をしているうちに、過食症患者はかなりの割合で、帝王切開で生まれた人がいるということに気づいたそうです。

つまり、緊縛状態で生まれてこなかったということですね。この場合、オキシトシンも十分に分泌されていないので、絆もうまく結べなくなりがちです。

もちろん、それが原因と断定はできませんが、帝王切開だった人が多いというのは事実として、データがあるんです。

そういう人への薬を用いない治療法を研究して、何をしたかというと、正常出産を疑似体験させたのです。

まず、赤ちゃんによく着せている、つなぎのロンパースに着替え、ゴムのおしゃぶりをくわえさせます。

そして、マットレスに横たわらせて、そのマットをぐるぐる巻にします。

その上、数人のスタッフやお医者さんが、周囲からギューッと押しつけて、その中を、明かりが見える方向に必死で這っていって、外に出るのです。

つまり、普通の出産のマネごとですね。これで本当に、過食症が治るんだそうです。

お笑いの寸劇みたいに聞こえますが、これを真面目にやるのがアメリカのすごさですよ。

神尾　でも、わかります。すごくいい体験になるでしょうね。

保江　それを読んだときに、僕は面白くて笑ってしまいました。こんなことに大学の予算をつけるなんて、と。

でも、それで治るのならよかったと思っていましたが、まさか、この緊縛の話にまで繋がってくるとは。

ただ、本当はお医者さんやスタッフで、マットレスに包まれた患者をギュウギュウやる必要はなく、緊縛師が一度縛るだけで同じ効果があるでしょう。

神尾　同じことですよね。

保江　現に、今の世の中には、いろんな病がありますよね。引きこもりや、大人になっても独立できないニートとか、拒食症、あるいは過食症、あらゆる精神疾患の人たち、またその予備軍が、日本のみならず世界中にたくさんいると思います。

その人たちには、やはり帝王切開だった人も多いでしょうから、緊縛したら一発で治るんじゃないでしょうか。

受け止められなかった母からの愛情

神尾　私は、出産は正常分娩で産まれているんですが、昔から自分で自分のことを、発達障害かなと思うことはよくあったんです。そんな診断はされていないんですけれども。

母親にまつわる私の最初の記憶が、トイレトレーニングをされていて、母が後ろからギューッと抱きしめて「可愛い」といってくれているのに、なんだか気持ちが悪かった、というものなのです。

保江　そんな記憶があるんですか？

神尾　はい。すごく嫌だと思って、なんでこんなことをされるの、と思っているんです。嫌で嫌で、という感覚がずっとあって……。

その後も、例えば母に「お耳を掃除してあげるよ」といわれると、やっぱり、嫌だなと思って、「じゃあ、私が寝てからお耳を掃除しておいて。そのほうが効率がいいでしょ」みたいな、こましゃくれたことをいった覚えもあるんです。

自分ではこの感覚を人にいったこともなかったし、気にするほどでもなかったのですが、なぜそんなふうに母親のことを拒絶しているのか、わかっていなかったんです。

そのうちに、いろんな親子さんを施術で見てきて思い当たったのが、私は１８００グラムの未熟児で生まれたので、産まれてすぐに病院の保育器に入れられて、22日間ずっとそのままだったのです。

出産直後に母から離れていた期間が長かったためか、家に戻ってきてからも、おっぱいに吸い付かなかったそうなんです。それで、母は泣いていたらしいのですが。

赤ちゃんというのは、お母さんの母乳を飲んでいるときに、栄養を与えられているだけではなくて、お母さんの「愛しいな」という思いを一緒にもらっています。お母さんの腕の中で安心感を覚え、愛されていることを感じることができるのですね。

でも、産まれて間もなかった私は、保育器の中で哺乳瓶でミルクを飲んでいたわけですから、空腹は満たされましたが、愛情は感じられなかったのだと思います。

そういう意味で慣れていなかったので、愛情が与えられたときにも、拒絶してしまうんです。

保江　なるほど。

神尾　でも、自分ではなぜ拒絶しているのか、ずっとわかりませんでした。
それが加藤先生に、緊縛だけではなく施術（靭トレ）を受けて、やっとわかったんです。
そこに、保江先生のことも少し関わっています。

しゅわしゅわな愛が導く変化

神尾　新型コロナウイルスが流行っていた時期に、私の家で加藤先生をお招きして勉強会をしていたのですが、その場にいた人たちがコロナを発症してしまったので移動できず、１ヶ月ほど一緒にいたんです。

娘たちも一緒に住んでいて、一番ひどいときはうんうん唸りながら過ごしていたんですよ。

加藤先生も同じタイミングでかかっていたのですが、先に良くなっておられました。

私は、動けない状態になっていました。もうヘロヘロで、なんとか部屋からは出られてトイレは行けるけれども、普通のようには動けないというときに、加藤先生が施術してくださったんです。

私は、この間保江先生もご覧になったように、体の中が活性化しているときは踊るように自然に体が動くのですが、それもできないくらいヘロヘロだったんです。

施術をしていただくのに、床に横になるのもしんどいし体を起こしなさいといわれても起こせない。

それなのに、加藤先生がスッと手を差し伸べてくださったら、体がふわっと炭酸の泡に包まれたように浮いて、体が勝手に起き上がったんです。

「これなんですか？　私は靭帯を使っていませんよ」というと、

「これは、人を思いやる愛の気持ちだよ」とおっしゃるんですね。

保江　すごい。

神尾　驚きましたね。こんなに柔らかくて、発泡水が体の周りにフワフワしているかのように気持ちいい感じ。相手を思いやると、こんなふうになるんだと感動したんです。

その後、たまたま保江先生の合気道の動画を拝見したら、「愛だ」っておっしゃっていました。これを体現している先生が実際におられるのだな、というところから、保江先生に興味を持ち始めたんです。

別の話ですが、自分のクライアントさんに施術をしながらお話をしていたら、

「僕、職場の女の子に嫌われちゃったみたいで」というので、

「何をしたんですか」と聞きましたら、

「ちょうど転勤になったばかりで、一緒に組んでいる女の子がいろいろ教えてくれたときに、心からありがとうと伝えていたのに、その子がだんだん冷たくなったのです」というのです。

そのときは、施術していてクライアントさんと繋がっていたから、彼が「ありがとう」と

いったときの感覚がこちらに伝わってきたんですね。私が体験した発泡水のしゅわしゅわのような、優しい感覚を発しながら、彼はその女の子に「ありがとう」といっているんですよ。

「あれ？　加藤先生の愛情のような、ものすごい感謝の気持ちを出したのに、なんで女の子は嫌がったんだろう？」と不思議になりました。

でもすぐに、「あ、私と同じか」とわかったのです。その人も、愛情の最初のところがわからなかったんだとピンときました。

そこで、

「その感謝の気持ちをなくすことなく、本気で思っていたら、たぶんその人は変わりますよ。頑張って」とお伝えしたのです。

すると、半年後くらいには、本当に関係性がよくなったそうです。

もともとその女性は、職場の他の人たちにもけっこう塩対応している女の子で、誰も近寄らないようなタイプだったらしいんです。

逆に、そのクライアントさんが割と近くに寄り添うようにしていたので、みんなびっくりしていたくらいだったそうですが、すごく良好な関係になったと。

それで、人間、愛を感じるのに遅いということはないんだとわかったのです。自分の母親があのときに可愛いといっていたのは心からのもので、その愛情に気づいていなかったのだと初めて思いました。50数年という年齢を重ねてからも母の愛に気づけたというのが、加藤先生に一番感謝しているところです。

保江先生も、そうしたお話をされていたというのが、また大感動なんです。

保江　ありがとうございます。

神尾　私のように、未熟児だった人も発達障害になっているというデータがあります。

保江　やっぱり。そういうこともあるのでしょうね。

パート6　縄結いから始まる、愛があふれる地上の楽園

現代人の悩みにコミット──医療現場に緊縛を取り入れるとは？

保江　本当に、現代は悩み多き人ばかりですよね。

さまざまなトラブルを抱えていたり、ストレスで精神的な病にかかる人もいるでしょう。

出社しようとしても、体が拒絶して動けないとか、人前に出ると話せなくなるとか。

現代社会に適応できていない人たちが声をあげると、それは病気だといわれ、専門医のところに行くとたいていは薬を処方されますが、それでも治らない。

僕は、今回の緊縛が、絆を生み出してくれるというのを実体験をとおしてわかりました。

ですから、そうした悩み多き人たちが、気軽に緊縛師の先生のところで縛ってもらって、難しかった社会復帰ができるようになれば、非常にいいことだと思うのです。

そういうことをしても、変な目で見られないのはお医者さんですから、クリニックや病院とタイアップできればいいでしょうね。

例えば、知人の矢作直樹先生は、東京大学名誉教授であり医師です。

その矢作先生に緊縛の技術を習得していただき、治療の一環としてもらえたら、特に女性人気が高い先生のことですから、数年先まで予約が取れなくなる可能性もあり得ます。

神尾さんも、クリニックで施術のお手伝いをされているということですから、院長先生に理解いただければできますよね。


名古屋に高橋徳先生という医師がいらっしゃいますが、この先生はオキシトシンという愛情ホルモンを、アメリカにいた頃からずっと研究しているそうです。

一度、オキシトシンについての対談本（『薬もサプリも、もう要らない！　最強免疫力の愛情ホルモン「オキシトシン」は自分で増やせる!!』明窓出版）も出版しましたが、すごく興味深いものになりました。

彼が今、運営しているのは、西洋医学のクリニックではあるのですが、できるだけ薬を出さないようにしているんです。

よその病院に通っていた患者さんが来たら、まずは使っていた薬を見せてもらって、「これいらない。これいらない」と排除していき、ほとんど何も残らないそうです。

でも、薬漬けになっている患者さんにしてみたら、何も飲まないのはかえって不安ですよね。

プラセボ効果といいますか、嘘でもいいから何かしらあったほうが患者さんが安心するということがわかって、ご自身でも研究をしてこられました。鍼灸もやる、ヨガの先生にきてもらってワークショップをやる、瞑想会もやるというように。そこに緊縛も取り入れることを提案したら、徳先生もきっと喜ぶでしょう。


徳先生とは、愛情ホルモンであるオキシトシンがなぜ陣痛を促進するのか、そこに母親と子供の繋がり、絆を形成する何かしらのメカニズムがあるのではないかということを、ぜひまた本にしようと話し合っていました。

ただ、徳先生も僕も男ですから、一度も子供を産んだことのない男二人が出産について語り合っても、もう一つ説得力がありません。

そこで、僕との共著もあるはせくらみゆきさんもお招きして、鼎談という形にしてはどうかと。はせくらさんは3人の男の子を出産されていますが、今はみんな大人になって、お母さんの手伝いなどをしています。

男の子3人を育てながら、物理学などの勉強もし、スピリチュアルなご本も出され、画家でもあるという、スーパーウーマンみたいな人です。

実際に、はせくらさんに鼎談についてお声がけすると、快諾していただけました。はせくらさんならではの出産テクニックなど、いろんな話が聞けそうです。

神尾　それは、ぜひうかがってみたいですね。

保江　でしょう。高橋徳先生にも緊縛の話をすれば、薬を使わない治療に使えるとピンときてくれるはずです。

神尾さんは、お子さんは何人でしたか？

神尾　私は、二人産んでます。どちらも産むときに子宮口が全然開かなくて、大量の陣痛促進剤を打たれたんです。

保江　人工オキシトシンを打たれたんですね。

神尾　はい、大量に打たれて、そのせいで吐き気がひどくなったし、高熱が出たくらいなんです。でも、保江先生のお話をうかがっていて、「きっと私は、出産直後に母親に育てられなかったから、オキシトシンが出なかったんだ」とわかりました。

保江　神尾さんご自身が、お母さんのおっぱいの中にたくさん入っているはずのオキシトシンをもらってなかったからですね。

神尾「だから、子宮口が全然開かなかったんだ」と、話が繋がりました。そこは、大事なところなんですね。

保江　そうですね。

オキシトシン以外でも、脳内ホルモンでカテコールアミンというのがあります。

このカテコールアミンは、緊急事態のときに出るホルモン。その人の命に関わるような危ない状況に追い込まれたときに、初めて分泌されます。

火事で逃げ場がないとか、トラックが目の前に突っ込んできたとか、あるいは誰かが機関銃を乱射しながら追いかけてきているとか。

危機的状況に陥ると、人は酸欠になります。呼吸が正常にできず、筋肉が動かせない状態になるのです。体内では、それまでATPアデノシン3リン酸を、酸素で燃やして筋肉を動かしていた回路が、酸素がなくて動かせなくなるという現象が起きています。

しかし、その人の生命を維持、生存させてやろうという本能が、カテコールアミンを分泌させるのです。血液中にカテコールアミンが分泌されると、カテコールアミンでも燃焼するATPアデノシン3リン酸が、筋肉を動かすようになるのです。

そして、カテコールアミンのときは酸素よりもよく燃える。俄然、筋肉が動いて疲れ知らずになり、瞬発力が上がる。筋肉を動かすレベルが普段とは段違いに高くなるので、逃げ足も速くなるし、「火事場の馬鹿力」なんていわれるような現象が起こったりもします。

これが、今の医学の解釈です。

ただ、カテコールアミンは窮地に陥らないと、分泌できないものです。

正常分娩で生まれた子は、一定の時間、難産だったら長時間、すごい圧力下で、母親からの血流もほとんど滞るという危機的状況を経験しています。

そのときに、頭の中でカテコールアミンを出していたのだそうです。それで赤ん坊は、苦しみに耐えて、産道を進めるんです。

そうして、一度でもカテコールアミンを分泌していれば、次に危機的状況に陥ったときにも、分泌しやすいのだそうです。

でも、帝王切開で産まれた子はカテコールアミンを分泌したことがないので、いざ危険が迫ってパニック状態になったときに、カテコールアミンを分泌しにくいのです。

そこで、帝王切開で産まれた子については、なんらかの危機的状況が訪れた際にカテコールアミンを出しやすくしておくために、わざわざ恐怖体験をさせたり、擬似的であっても命に関わるようなことをシミュレーションさせておくという、アメリカの記事を読んだことがあります。

アメリカの医学は、本当に日本人では想像もしないようなことを平気でする面があります。

そして思うのですが、カテコールアミンを分泌させるのにも、緊縛をやったらどうかと。最初の緊縛のときは、教え子が「怖い」といいました。やっぱり怖いですよ。慣れないうちは、呼吸もままならないようですから。

怖いというのは、自分の生命の存続が危ぶまれるというファクターがあるからです。

その感覚で、実際に体も危機を覚えていれば、カテコールアミンを分泌できるのかもしれません。

神尾　そうですね。

保江　それと、以前、アメリカに学会で行ったときに、たまたま面白い本を見つけたんです。緊急事態にやるべきことを図解している本で、例えば、蛇に噛まれたときはどう対処するかとか。

その中で、豪華客船が傾き始めて沈みそうになった場合に、海に飛び込むときの姿勢の取り方も解説していました。

そこでいうには、絶対に頭からは飛び込むな、と。なぜなら、上から見てもその水深が深いか浅いかわからない。浅かったり、たまたま大きな岩が海面近くまであった場合、頭から行ったら即死です。

必ず足から行け、と。しかも、左右の足を組んでおけと。もしあれば、ベルトか何かで縛ってもいいとありました。

一応その本には、「こうしないと入水する際に、脚が開いて股間を打つ危険性がある」と書いてあるのですが、その可能性はそんなには高くないでしょう。

ではなぜ、わざわざ足を組んで、縛りまでして飛び込まなくてはいけないのか。

まさしくこれは、緊縛でしょう。緊縛して飛び込めば、カテコールアミンも余計に出ますから、万が一溺れかけて酸素が足りなくなっても、しばらくは大丈夫なのでしょう。

神尾　なるほど。

保江　僕の大東流合気武術の先輩が二人来て、緊縛の話をしたとお話ししたでしょう。そうしたら緊縛の知識があった先輩が、

「道場でもやっただろう」といい出したのです。

「やってませんよ、そんなこと」といったら、
「紐は使わないけれど、棒術の棒で身動きできないようにしただろう」と。

神尾　そう、それも緊縛です。

保江　そういえば棒に自分の手をからませられて、背中に持っていかれて、自分じゃもう動けなくなっていた……、それなら確かに先生がやっていたなと思い至ったのです。

小さな頃から知らずに行っていた緊縛鞆トレ

保江　近藤先生がおっしゃるように、肉の体を完全停止させるために、縄を使ったり、棒を使ったり、もしくはヨガのように自身で固定するというのが、まずは基本中の基本です。

それだけでも、体の不具合がかなり改善するのではないでしょうか。

トラウマなり、人にいえないようなことで悩んで、医者や心理士に相談することすら嫌な

場合でも、緊縛師のところにいって縛ってもらったら、不調が改善されることもおおいにあるように思います。

むしろ、世にいるカウンセラーやヒーラーという人たち。あの人たちこそ、緊縛を学ぶべきです。

ただし、下手したら「エロカウンセラー」などと呼ばれて叩かれてしまいますよね。

その前に、本書で緊縛についての正しい認識を広めたいものです。世間の見方をガラリと変えるための一助になればと願ってやみません。

そうした素地を作って、世の中の誤った認識や偏見さえ払拭できれば、もうみんな、「こんなにいいものはない」と思うはずです。

そのために僕も今回、叩かれたり、奇異な目で見られるのも覚悟の上で、この対談に臨んでいます。

緊縛のおかげで、世の中の生きとし生けるもの、森羅万象、この世界にあるすべてのものが「愛おしゅうて愛おしゅうて、かわゆうてかわゆうて」という境地になれているからこそ、確信を持って皆さんにお勧めできるのです。

「ついにあいつは、そっちの趣味に行ったか」「いや、もともと変態だったろう」などと心無い人にいわれてもいい。このすごいものを世の中に出したいと思ったわけです。

神尾　もともと先生は、子供の頃から、脚を縛っていたとおっしゃっていましたよね。

保江　おばあちゃんに縛られていました。うちは陰陽師の家系だからでしょう、疲れたときとか、特に学校で何かあったときに、立膝にして縛っていました。

神尾　すごいですね。きちんと受け継がれている。

保江　だから、学校の和式トイレでも、長時間座っていることができたのかもしれません。おばあちゃんのおかげです。

神尾　上半身はしないんですか。

保江　脚だけです。上半身については何かされた記憶がないですね。

神尾　そのお話をうかがったときに、私も、家でやってみました。

麻縄はないから、着物用の紐で片方ずつ縛りました。そうしたら、30分もしないうちにお腹の中のほうに、ぐわーっとエネルギーが溜まったんです。

保江　神尾さんは、エネルギーに敏感ですものね。

神尾　それで、30分で取ってしまいました。エネルギーの溜まりがすごくなってきちゃって。取ってから立ってみたときに、私は左の股関節を亜脱臼していますし、膝ももともとよくないので、左のほうはぐらぐらしていました。でも、右はちょうどよかった。

ですから、膝に故障がある人は、時間を短めにしたり、ゆるめに縛ったりと、バランスを調整しないといけないかなと思いました。

保江　そうですね。

神尾　膝の縛りだけなら、自分でできますものね。しかも、自分のちょうどいいところでやればいいから、痛くもないし。

保江　それに、その気になれば、スッと抜けるんです。

神尾　自分を縛るなら、全然怖くないですよね。

保江　考えたら、あれも緊縛ですね。

神尾　そうですよ。その後、上半身についてはどうだろうかと、着物の紐でやってみたんです。すると、肩甲骨の辺りがスッキリして良くなったんですね。
　昔は、日本人は襷(たすき)掛けを普通にやっていましたが、あれも肩甲骨に効いていたのではないかと。

保江　肩が開かれますからね。

腹側が陰、背中側が陽——おんぶによって赤ちゃんに陽の気が集まる

神尾　そういうふうに試していたら、赤ちゃんを背負うおんぶ紐のこともわかってきました。赤ちゃんもお母さんもそうなんですが、人間の体は、お腹側が陰で背中側が陽なんですね。だから、背中に赤ちゃんを背負うと、赤ちゃんのお腹側の陰にお母さんの背中側の陽が当たるから、特に弱い子は陽の気がもらえて、丈夫になるのです。

けれども、もともと元気いっぱいな子は、お母さんの陽なんかもらったら、エネルギー過多になっちゃうんです。ですから、背負ったときに嫌がる子は、もともと元気な子です。昔は、赤ちゃんを背負う紐のかけ方は、リュックのようではなく、胸の前でクロスさせていたじゃないですか。襷掛けのように、クロスが後ろ側にくると肩甲骨をすごく動かしやすくさせるのですが、胸の前にくると苦しくなるんです。だから、本当はお母さんの体にはあまりよろしくないんですね。

保江　前のクロスでは、巻き肩になりますものね。

神尾　あまり長いことそうしていると、不調が起きるかもしれません。リュックタイプでやってもらうほうがいいように思います。

前抱っこは、赤ちゃんの陰とお母さんの陰がくっついて、弱くなることもありますから、元気な子にしたかったら背負うほうがいいのです。

保江　いつまでも前抱っこだと、弱い子になってしまう……、直感的にも、そんな感じがします。

神尾　子供についての小ネタなんですが、私たちが子供の頃は、夏になると肝試しをすることがありましたよね。あれは、夏で元気になりすぎた場合の陽を取るために、つまり、肝を冷やさせるという意図があったとか。

だから本当は、弱い子は、してはダメなんです。

保江　なるほど。夏の暑さの中、肝を冷やさせておとなしくさせると。そんな意図があったとは。昔の智慧はすごいですね。

神尾　今どきの子は以前と比べるとあんまり元気ではないから、やらないほうがいいかもしれません。

それから、元気すぎて荒ぶる子は、山に連れて行くのがいいです。山の気が静かだから、うまく中和させる効果があります。

保江　なるほど。

神尾　弱い子は海に連れて行ったほうが、活性化するといわれています。

保江　場所によって元気になれるというと、酸素カプセルとか日焼けカプセルとかありますよね。あれ、カプセルの中に入ったらほとんど動けないでしょう。あれも緊縛の一種かもしれません。

神尾　そうしたカプセルで、すごく活性化して元気になる人もいます。以前、私も仕事として関わっていたので、元気になる人をたくさん見ています。

縄結いから始まる、愛があふれる地上の楽園

保江　僕が文部科学大臣になったら、医学部の教育内容に、緊縛も取り入れますね。特に、産婦人科とか、精神科では教えるべきです。
　ちょっと考えるだけで、緊縛を使うといい方向に進みそうなものがいくつもあります。

神尾　以前、戸塚ヨットスクール事件というものが世間を騒がせましたが、あの学校についての本を読んだことがあります。どの本だったかはうろ覚えですが、戸塚ヨットスクールで、指導中に殴ったりしていたのは、命に関わるような体験をさせて、脳幹を太くするという目的があったそうです。

保江　そうなんですか？

神尾　実際に調べてみると確かに、怖い思いをさせられた生徒の脳幹は、太くなっていたそうです（＊編集部補足　戸塚ヨットスクールのサイトには、青少年の問題行動は、脳幹の機能低下により引き起こされるという脳幹論を確立したとの記述があります）。

保江　初めて聞きました。そんな実践をしていたのですね。

それこそ、昔の学校の罰則ではよくありましたが、廊下で正座して1時間とか、それも緊縛に通じていますね。もちろん、程度問題がありますから、やり過ぎるのは絶対にダメですが。

今回のこの対談を契機に、緊縛と靭帯ネットワークの活かし方を検討していきたいですね。絶対に、いい方向に活かせると思うのです。靭帯ネットワークを作るためにも、重要なのは緊縛です。

そういえば、緊縛は美容にもすごくいい影響があるようです。

緊縛2回目のときは、とっておきの一眼レフのカメラを用意していました。

邪魔になったらいけませんから、どのタイミングで撮っていいか、加藤先生の指示を待っていると、始めてすぐに、

「今、撮ってください。この顔、今撮らなきゃ」と。

「え、顔なの？」と思いながらカメラを向けると、加藤先生が、

「ほら、輝いているでしょう」と。

そうなのです。顔がまず変化していたのです。

神尾　本当に加藤先生はすごいですよ。その人の本来の輝きがわーっと出てくるタイミングが見えるので、「今だ！」というときに撮らないといけません。反応が遅いと、
「あー、逃がしちゃった」となります。

保江　それから、東京の秘書の一人にも、緊縛の話をしました。

この間からの僕の変化を話したら、興味を持って聞いてくれたのです。

この子は不思議なところがあり、いつも本当に穏やかで、ニコニコしていて誰にも愛され

るキャラクターです。

初めての緊縛体験の後、縛られた教え子との心理的距離がゼロになったと感じたときに、「待てよ。これは他の誰かとの間にもあった感覚だな」と思っていたのです。

そして、この秘書との間では、常にそうだったと気づきました。彼女が持っている雰囲気、彼女のワールドは常に、愛にあふれたものであったのです。彼女は常に、隔たりのない、こういう世界に住んでいるのです。

緊縛で、教え子との距離がなくなった話をその教え子にすると、

「あ、今も、その状態になっています」といいます。それで、

「でも考えてみたら、○○さん（秘書の名前）といるときは、いつもそうなっているよね」

といったら、

「確かに、そうだったかもしれません」と。

その秘書の子は、僕が原作の漫画、『サイレント・クイーン』という作品を描いてくれました。本当に綺麗に描いてくれていて、ラフ画を見たときは、僕が涙するくらいでした。

やはり、そうした世界に住んでいる人は、描く漫画も、愛にあふれるものになるのだなと

納得できました（＊編集注　その作品は、『まんが「サイレントクイーン」で学ぶユリバース　博士の異常な妄想世界』というタイトルで弊社から発刊されました）。

さて、先日、矢作直樹先生とはせくらみゆきさんと鼎談をして、そこでも緊縛のお話をしました。緊縛に代わるなんらかのいいネーミングがないかと相談したところ、「縄結い」がよいのではないかとご提案があったのです。

神尾　和の情緒にもあふれている、素敵な名前です。ぜひ、それを採用させてください。加藤先生もきっと、喜ばれることと思います。

保江　それはよかった。

今回の対談では、縄結いをただ見学しただけなのに、僕が至ることができた境地についてお伝えすることができました。

そして、神尾さんがお話しくださったことでいろいろと理解が深まり、縄結いについての意識が、次元が変わるほど高まったのを感じます。

本当にありがとうございました。

神尾　こちらこそ、ありがとうございました。尊敬する保江先生とこうしてお話ができて、本当に幸せでした。

後書き

このたびは、たいへん尊敬する保江邦夫先生とお話をさせていただくことがかない、また、保江先生との対談本まで作っていただけるという凄いことがかないました。お助けくださいました皆さまに、心より感謝申しあげます。ありがとうございます！！！

私は、保江先生のさまざまなお力に触れたい思いで茶話会に参加させていただき、毎回不思議な体験をさせていただきました。

雷に打たれたことがあるとお伝えしたときは、そのタイミングで先生にもう一つ質問させていただくことができ、その質問が「我をなくすにはどうしたらよいですか？」ということをうかがったのですが、保江先生は即答で、「意識を3メートル後ろに飛ばすんだよ」と教えてくださいました。

私は、その言葉が終わらないうちに導かれるように意識を後ろに飛ばしていました。そうしたら、20畳くらいの広さの空間だったはずの部屋が、天井も含めて3倍くらい広い空間に変わっていました。

その場におられた方の中には、この変化に気づかれた方もおられたと思います。空間が一気に変わり、驚きました。

また、生活の中で使える陰陽師の技というワークショップに参加させていただいたときは、苦手な人が自分に気づかないように気配を消すという方法を解説してくださっていたのですが、保江先生は説明されながらご自身の気配を消してしまわれ、ゆっくりと白い壁の中に同化して消えていき、また戻ってくるというのを見せていただきました。

一番驚いたのは、40〜50人くらいの茶話会のときに輪になって座っていたのですが、その空間の中で、私が座っていた右手から保江先生のおられる左のほうに向かって空気の塊のようなものがうにゅ〜っと伸びていき、保江先生まであと2メートルくらいのところで急に、お線香の匂いがプシュプシュと6発放たれ、その空気の塊がなくなったことです。その間、保江先生は何も変わらずお話をされていました。

あまりにも不思議な出来事だったので、コンサルタントの麻布の茶坊主先生のところに行き、これは何が起こったのですかとおうかがいしましたら、保江先生を守る守護霊団が、近づいてきた浮遊のものを退散させたとのことで、お線香の匂いはその宗派などで違うのだそうです。

そんなことが起きていたんですねと、楽しくなったことを覚えています。

縄結いは、自分の体と心と魂を知る方法のひとつです。保江先生が縄結いに興味をもってくださったことで、私は縄結いと靭トレをより深く知ることができました。

この本が出るまでの間にも、加藤久弦先生のところに縄結いも靭トレも受けたいとさまざまなジャンルの方が来てくださいました。

スピリチュアル系の方は、宇宙と繋がる感覚を得る方が多かったようにお見受けしました。演劇の方が靭トレを受けられて発声をされたら、その声は聞いている私の背骨にもダイレクトに響き、それだけで身が震える感動を覚えました。

また、アスリートの方ですと、その種目によって体の解放はそれぞれですが、主に足を使う競技の方は足、腕を使う競技の方は腕という感じで、一番感覚の鋭いところが解放されやすく、グレードアップした体感の感想をたくさんの方からいただきました。

人は、生まれるときに自分で使命を決めてくるといいますが、加藤先生の能力に触れることで、その使命の磨かれる速度が格段に速くなるのだと思います。

今、一番熱いのは、今までスポーツにのめり込んだことのない50代の女性が鞆トレを使って、本気で乗馬のワールドカップにチャレンジしたいといっておられ、そのサポートを加藤先生が全面的に取り組まれています。

この方は、鞆トレに可能性を感じてくださって、乗馬の練習と同じくらいの頻度で鞆トレを受けておられます。まだ一年ほどの乗馬経験とのことですが、競技会に参加され、良い成績をおさめられているとのことで、今後のご活躍が楽しみです。

加藤先生は、瞬間瞬間を大切にしておられるので、クライアントさまのトレーニングでも弟子たちの勉強会でも、すべてその空間で起こっている感覚が優先されます。繊細な高次元と繋がるような感覚は、思考が働いた途端、消えてしまいます。

ですので、加藤先生のトレーニングを受けられる機会がありましたら、ぜひぜひ頭で何も考えず、感覚だけを味わってください。

私事（わたくしごと）ですが、私は週2回、金町駅前脳神経内科クリニックにてカイロプラクティックの施術をしています。7年前は、まだ鞆トレとも呼ばれていませんでしたが、この鞆トレを施術に取り入れようと、加藤先生に弟子入りいたしました。

鞆トレの真髄は技術ではなく、私たち皆が持っている体の仕組みに気づくこと、究極は愛を持って自他の境をなくすことなのだとわかりました。

私は、まだまだ伸びしろたっぷり修行中でございます。加藤先生にもクライアントのみなさまにも、日々たくさんのことを教えていただいております。

左　保江邦夫氏　右　神尾郁恵氏

保江先生と加藤先生という大天才であられるお二人に、今生のこのタイミングにお会いできて、私は最強運だと実感しています。

最後までお読みいただきました皆さまにも、感謝いたしております。

本当に、ありがとうございました。

保江邦夫 (Kunio Yasue)

岡山県生まれ。理学博士。専門は理論物理学・量子力学・脳科学。ノートルダム清心女子大学名誉教授。湯川秀樹博士による素領域理論の継承者であり、量子脳理論の治部・保江アプローチ（英：Quantum Brain Dynamics）の開拓者。少林寺拳法武道専門学校元講師。冠光寺眞法・冠光寺流柔術創師・主宰。大東流合気武術宗範佐川幸義先生直門。特徴的な文体を持ち、100 冊以上の著書を上梓。

著書に『祈りが護る國　日の本の防人がアラヒトガミを助く』『祈りが護る國　アラヒトガミの願いはひとつ』、『祈りが護る國　アラヒトガミの霊力をふたたび』、『人生がまるっと上手くいく英雄の法則』、『浅川嘉富・保江邦夫 令和弐年天命会談 金龍様最後の御神託と宇宙艦隊司令官アシュターの緊急指令』（浅川嘉富氏との共著）、『薬もサプリも、もう要らない！ 最強免疫力の愛情ホルモン「オキシトシン」は自分で増やせる !!』（高橋 徳氏との共著）、『胎内記憶と量子脳理論でわかった！「光のベール」をまとった天才児をつくる たった一つの美習慣』（池川 明氏との共著）、『完訳 カタカムナ』（天野成美著・保江邦夫監修）、『マジカルヒプノティスト スプーンはなぜ曲がるのか？』(Birdie 氏との共著)、『宇宙を味方につける こころの神秘と量子のちから』（はせくらみゆき氏との共著）、『ここまでわかった催眠の世界』（萩原優氏との共著）、『神さまにゾッコン愛される　夢中人の教え』（山崎拓巳氏との共著）、『歓びの今を生きる 医学、物理学、霊学から観た 魂の来しかた行くすえ』（矢作直樹氏、はせくらみゆき氏との共著）、『人間と「空間」をつなぐ透明ないのち　人生を自在にあやつれる唯心論物理学入門』、『こんなにもあった！　医師が本音で探したがん治療　末期がんから生還した物理学者に聞くサバイバルの秘訣』（小林正学氏との共著）、『令和のエイリアン　公共電波に載せられない UFO・宇宙人ディスクロージャー』（高野誠鮮氏との共著）、『業捨

は空海の癒やし　法力による奇跡の治癒』（神原徹成氏との共著）、『極上の人生を生き抜くには』（矢追純一氏との共著）、『愛と歓喜の数式 「量子モナド理論」は完全調和への道』（はせくらみゆき氏との共著）、『シリウス宇宙連合アシュター司令官 vs. 保江邦夫緊急指令対談』（江國まゆ氏との共著）、『時空を操るマジシャンたち　超能力と魔術の世界はひとつなのか 理論物理学者保江邦夫博士の検証』（響仁氏、Birdie 氏との共著）、『愛が寄り添う宇宙の統合理論 これからの人生が輝く！　９つの囚われからの解放』（川崎愛氏との共著）、『シュレーディンガーの猫を正しく知れば　この宇宙はきみのもの　上下』（さとうみつろう氏との共著）、『Let it be. シスターの愛言葉』、『守護霊団が導く日本の夜明け　予言者が伝える　この銀河を動かすもの』（麻布の茶坊主氏との共著）、『まんが「サイレントクイーン」で学ぶユリバース　博士の異常な妄想世界』（原作 保江邦夫／作画 S.）（すべて明窓出版）など、多数がある。

神尾郁恵（Ikue Kamio）

1965 年 2 月 24 日生まれ。

娘の体のメンテナンスのためにカイロプラクティックを学ぶ。

2000 年からカイロ整骨院グループで医療サービスに従事

2015年金町脳神経内科クリニック内野院長先生と出会い、同クリニックにて施術やセミナーのサポートなどを行う。

2018 年靭トレの加藤久弦先生と出会い師事、現在に至る。

靭トレアドバイザー。

（靭トレ協会　https://jintra.amebaownd.com

＊施術及び勉強会指導は加藤久弦先生による）

【参考資料】　緊縛師：有末剛氏による縄結い

縄結いは覚醒の秘技

なわゆ　かくせい　ひぎ

保江邦夫・神尾郁恵

やすえくにお・かみおいくえ

明窓出版

令和六年十一月一日　初刷発行

発行者――麻生 真澄

発行所――明窓出版株式会社

〒一六四―〇〇一二

東京都中野区本町六―二七―一三

印刷所――中央精版印刷株式会社

ISBN978-4-89634-483-7